公元787年，唐封疆大吏马总集诸子精华，编著成《意林》一书6卷，流传至今
意林：始于公元787年，距今1200余年

一则故事　改变一生

[法]儒勒·凡尔纳 著
刘瑜 张锁迪 译

吉林摄影出版社
·长春·

图书在版编目（CIP）数据

从地球到月球|绕月飞行 /（法）儒勒·凡尔纳著；刘瑜，张锁迪译. —— 长春：吉林摄影出版社，
2017.10
（凡尔纳经典科幻系列）
ISBN 978-7-5498-3188-3

Ⅰ.①从… Ⅱ.①儒… ②刘… ③张… Ⅲ.①科学幻想小说－法国－近代 Ⅳ.①I565.44
中国版本图书馆CIP数据核字(2017)第159911号

凡尔纳经典科幻系列·从地球到月球+绕月飞行
FANERNA JINGDIAN KEHUAN XILIE·CONG DIQIU DAO YUEQIU+RAO YUE FEIXING

出 版 人	孙洪军
总 策 划	顾 平
出 品 人	杜普洲
主 编	宋春华
责任编辑	吴 晶
图书策划	宋春华
图书统筹	于丽丽
执行编辑	韦文菡　于丽丽
设计总监	资 源
封面设计	资 源
美术编辑	张 龙
发行总监	王俊杰
开 本	700mm×1000mm 1/16
字 数	150千字
印 张	11
版 次	2017年10月第1版
印 次	2017年10月第1次印刷

出 版	吉林摄影出版社
发 行	吉林摄影出版社
地 址	长春市泰来街1825号
	邮 编：130062
电 话	总编办：0431-86012616
	发行科：0431-86012602
网 址	www.jlsycbs.net
经 销	全国各地新华书店
印 刷	北京嘉业印刷厂
书 号	ISBN 978-7-5498-3188-3　　　定 价：23.80元

版权所有　翻印必究
（如发现印装质量问题，请与承印厂联系退换）

目录

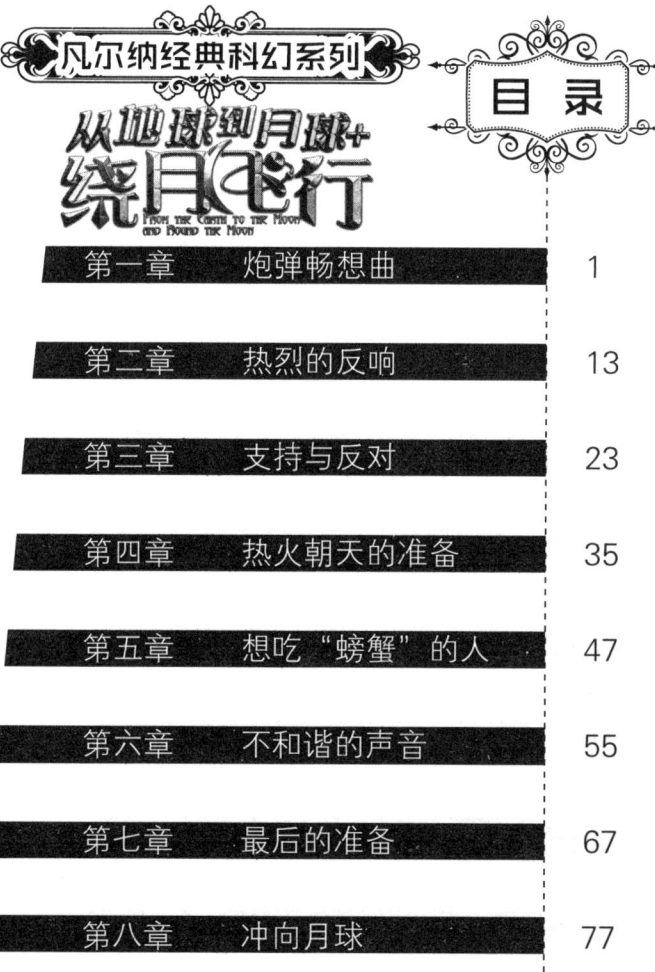

第一章	炮弹畅想曲	1
第二章	热烈的反响	13
第三章	支持与反对	23
第四章	热火朝天的准备	35
第五章	想吃"螃蟹"的人	47
第六章	不和谐的声音	55
第七章	最后的准备	67
第八章	冲向月球	77

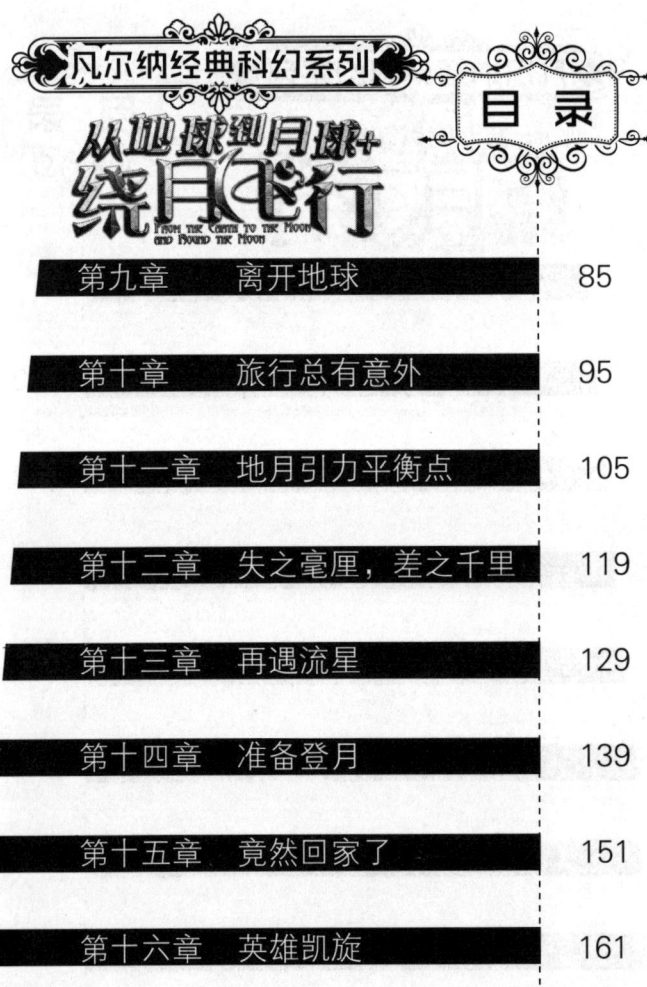

第九章	离开地球	85
第十章	旅行总有意外	95
第十一章	地月引力平衡点	105
第十二章	失之毫厘，差之千里	119
第十三章	再遇流星	129
第十四章	准备登月	139
第十五章	竟然回家了	151
第十六章	英雄凯旋	161

第一章 炮弹畅想曲

我想大家都见过月亮吧!如果今天我在这里和大家谈谈月亮的事,希望大家不要大惊小怪,也许它将使我们成为这个全新世界的哥伦布。请先听听我的计划,希望大家能够支持我、帮助我,我要带领你们去征服月球!

美国南北战争的时候,马里兰州中部的巴尔的摩城成立了一家新的俱乐部。

这里的人原本都是些商人,要么是造船的,要么就是摆弄机械的,可如今却全都对军事产生了兴趣。好好的柜台不站,摇身一变,都当上了尉官、校官甚至将军。

这些人没有经过一点儿军事训练,但是靠着大量的炮弹、金钱和人力,还真打过不少胜仗。

并不是美国人的枪炮有多么精良,而是美国人的炮弹大得出奇,并且射程要远得多。

不过这也不奇怪,美国出现了世界上的第一批机械师,他们天生就是干这个的。机械师们把聪明才智用在制造枪炮上,是再正常不过的事情了。

当南北战争打响时,大炮是十分重要的作战武器。所以,大炮发明家的地位一下子变得至高无上,就连报纸上都在对他们的发明大加赞赏。

就连那些天真的市井小贩都开始夜以继日地绞尽脑汁,计算着那些不切实际的弹道。

美国人的有趣之处在于,如果他们有什么想法,就会去找第二个人合作,等凑够了三个人之后,就要选出一个主席,两个秘书;四个人之后,再选出一个档案管理员;五个人时,便会召开大会,成立俱乐部。

第一章
炮弹畅想曲

巴尔的摩城这家新的俱乐部就是这样,他们在短短一个月,就吸收了1833名正式会员和30575名通信会员。

但并不意味着什么人都可以加入这个俱乐部,必须具备一个重要的条件,就是曾经至少发明或者改良过一种大炮,除了大炮,其他武器也可以。

不过,发明或改良其他武器的人不会在俱乐部里得到重视,只有大炮发明家才能受到真正的尊敬。

随着大炮俱乐部的成立,美国人便把自己的发明天赋发挥得淋漓尽致。他们发明的大炮体积大得惊人,射程也远远超乎想象。

这些发明把欧洲人的武器远远地甩在后面。比如说俱乐部荣誉会员兼常任秘书梅斯顿曾经发明过一种威力强大的迫击炮,在试炮时,"轰"的一声,消灭了一个营的敌人。

其实不光是这位梅斯顿先生,大炮俱乐部的其他会员发明的炮弹同样威力无比。

据统计,大炮俱乐部的会员们,用他们发明的大炮或炮弹,"平均"消灭了2375名敌人!

从这个数字来看,这个所谓的"科学团体"唯一的目标就是:打着博爱的幌子毁灭人类和不断改良被他们当作文明工具的武器。他们就是一群道貌岸然的"天使",他们带来的只有死亡。

但是这群执着的美国人每天不只是研究、计算,他们同时也肯为自己的大炮事业付出生命。

他们中间有许多人都牺牲在战场上,将自己的名字光荣地列入了大炮俱乐部的英雄名册里。

那些幸存的人身上也都落满了不容置疑的印记:拄拐的、

装假肢的、装了代替手的铁钩的……千奇百怪,什么样的都有。

可是,这群勇敢的发明家却一点儿都不在意这些,每当报纸上报道战事,他们消灭的敌人总数超出炮弹成本的十倍时,他们就从心里感到自豪。

然而有一天,那是很多人都觉得郁闷的一天,战争的幸存者们签订了和约。

爆炸声慢慢平息,火炮们被套上炮衣,灰头土脸地运回了军火库,炮弹堆积如山,战争结束了。棉花在肥沃的土地上繁茂生长,痛苦的回忆也被慢慢地忘记。大炮俱乐部从此一蹶不振。

但还是有一些执着的工作者,依然在俱乐部里不停地计算着弹道的轨迹,他们仍然在梦想着造出威力巨大、无与伦比的大炮。可是,没有了实践,只有理论又有什么用呢?

于是,俱乐部里冷清起来,服务员在角落里睡大觉,桌子上蒙了厚厚的一层灰,过去热热闹闹的俱乐部大厅里,如今被和平约定搅得极其沉闷。

现在,俱乐部的会员们恐怕只能在梦中实现他们的大炮梦想了。

"这也太惨了!"一天晚上,汤姆·亨特靠在壁炉旁烦躁地说,他那两条木头腿眼看都快烧起来了,"整天什么事情都没有,日子也没个盼头!这样活着还有什么意义?什么时候才能在早上被快乐的炮声唤醒呢?"

"那样的日子再也不会有了。"贝尔斯的心情倒还不错,一边说着一边试着伸了伸他那条已经失去了的胳膊,"那时候多好啊!谁要是发明了一种新炮弹,就马上拿到军队里去试

第一章
炮弹畅想曲

验。

"可现在,将军们都去站柜台了,不再运输炮弹,而是运那些毫无用处的棉花包!唉,美国的大炮算是没有前途了!"

"是啊,贝尔斯,真是见鬼了!"布鲁斯上校走过来大声嚷嚷着,"当初我们放弃了安稳的生活,学会了使用武器,在战场上英勇地战斗。可这才两三年的工夫,我们又不得不丢下拼命得来的成果,成天把手插在兜里无所事事,这日子真是没意思!"

"再也没什么仗可打了!"这时候,大名鼎鼎的梅斯顿用铁钩子手挠了挠头说,"现在正是制炮学大有作为的时候,可偏偏在这个时候夭折了。就在今天早上,我还完成了一种新的迫击炮图样,就连平面图、剖面图和立体图都绘好了。这款大炮一定会改变战争的局面的!"

"啊?真的吗?"汤姆追问道。他不禁想起梅斯顿之前发明的那种大炮炮弹,那可是消灭了一个营的敌人啊!

"没错!"梅斯顿回答,"可还是那句话,做了再多的研究,克服了再多的困难又有什么用处呢?都是在白白浪费时间。人们好像全都约好了要去过什么和平生活,可是《论坛报》上不是也预言过,人类未来的灾难只可能是由可怕的人口增长导致的吗?"

"不过,"梅斯顿接着说,"欧洲人可还是在为了维护民族原则战斗着呢!"

"那又怎么样?"

"怎么样?我们可以去那边碰碰运气,如果他们愿意接受我们的帮助……"

"你在想什么?"贝尔斯大叫起来,"你想替外国人造

炮！"

"那也比在这儿无所事事强。"布鲁斯回了一句。

"话是没错，"梅斯顿说，"但不管怎么说，我们不应该朝这方面想。"

"为什么不呢？"布鲁斯问道。

"欧洲那边的晋级观念和我们美国人不同。对他们来说，没当过少尉的人是不可能成为将军的，就像是没造过大炮的人就别想着开炮一样。"

"真是荒唐！"汤姆一边用猎刀削着椅子的扶手，一边说，"如果这样的话，估计我们只能去种烟叶了！"

"什么？"梅斯顿大叫着，"难道我们再也不能在有生之年里改良我们的大炮了？再也没有机会试验我们的新武器了？再也没有战争让我们有用武之地了吗？"

"估计是没这个福气了，"布鲁斯上校回答，"我们完了，美国人的激动劲儿就快要被丢光了！"

"到时候就会变得低三下四！"贝尔斯说。

"我看现在就已经要这样了！"汤姆愤愤不平地说。

"说得对！"梅斯顿激动地回应，"现在就是有一千个打仗的理由，也打不起来了！胆小的人们都太爱惜自己了。"

"可不是嘛！"汤姆气得直戳自己的拐棍儿。

"你们去把这话说给总统听吧！"梅斯顿大声说，"看看他会怎么接待你们！"

"哼！"贝尔斯用他那好不容易保留下来的四颗牙嚷嚷着，"他才不会接待我们呢！"

"去他的！"梅斯顿大叫道，"下次再选举，可别指望着我的选票！"

第一章
炮弹畅想曲

"现在,"梅斯顿接着说,"我得表个态,要是我真没机会试试我那个新发明的迫击炮的话,我就要和俱乐部说再见了,然后跑到阿肯色州的草原上一死了之!"

"我们也是!"众人异口同声地说道。

情况已经发展到了这样的地步,此时的俱乐部正面临着解散的危机。可是恰巧发生了一件意想不到的事,才阻止了这个遗憾。

因为就在大伙儿这次谈话的第二天,俱乐部的每位会员都收到了这样一封信:

亲爱的会员们:

作为大炮俱乐部的主席,我很荣幸地通知各位会员,本人将在本月5日晚上8点的例会上,做一个十分有趣的报告。希望大家都能够准时参加。

此致

敬礼!

因贝·巴比康

巴尔的摩 10月3日

10月5日晚上8点,在联邦广场21号的大炮俱乐部里,熙熙攘攘地挤满了人,凡是在巴尔的摩居住的大炮俱乐部的会员无一缺席。

会场太大了,一架巨型大炮摆在大厅中央,各式各样的手枪挂满了墙壁,看上去颇为壮观,仿佛这些都不是威力无比的武器,而是一件件精美绝伦的艺术品。

在光荣台上,摆放了一个玻璃罩,里面正是当年梅斯顿那门迫击炮的珍贵遗物——一个被炸得千疮百孔、扭曲变形的炮座。

俱乐部主席巴比康和他的四位秘书此时正坐在大厅尽头宽阔的讲台上。

巴比康40多岁，他是一个沉着、冷静、严肃的人，他的思维极其周密，注意力集中，有着坚定的信念，经得住任何考验。虽说没什么骑士风度，却酷爱冒险，并且在冒险过程中依然能够保持实事求是的精神。

巴比康是一个彻彻底底的美国人。早年做木材生意发了大财。在战争期间成为大炮制造行业的董事长，展现了自己非凡的发明天赋和惊人的创造力，在炮弹的实验和研究方面给予了很大的推动力。

他中等身材，四肢健全，在大炮俱乐部里是一个罕见的例外。他的面部棱角分明，线条硬朗。如果说，要想知道一个人的个性就看他的侧面的话，那巴比康一看就是那种坚毅、大胆而且冷静的人。

此时，他正沉默地坐在椅子里，全神贯注地不知在想着什么，整张脸埋在黑色圆筒形的礼帽下面，一声不响。

俱乐部的会员们在他周围大声地吵闹着，但是这丝毫不影响他的思绪。人们想从他的脸上揣摩出什么，可这完全是徒劳无功的。

"当——当——"大厅里，时钟准时报出了八点的钟声。只见巴比康像突然弹起的弹簧一样，一下子从椅子上站了起来。

大厅里瞬间变得鸦雀无声，会员们一个个竖起耳朵等待巴比康的演讲。

"我亲爱的朋友们，勇敢的伙伴们！那倒霉的和平协议书把我们的俱乐部弄得萎靡不振已经很久了。

第一章
炮弹畅想曲

"我们不得已放下自己的工作,在前进的道路上停下脚步。可是我依然要在这里大声地、强烈地宣布:我们仍然期待着战争!"

"对!战争!"急性子的梅斯顿忍不住大喊。

"可是,"巴比康接着说,"在现在这种情况下,爆发战争几乎不太可能,虽然我们对它非常渴望,但是也需要等上相当长的一段时间。所以,我们就要另辟蹊径,到别的领域去发展壮大我们的事业!"

大厅里的人感觉到主席要说到关键的地方了,于是更加聚精会神地听着。

"朋友们,最近几个月以来,我一直在思考一个问题,我们是否能够在我们所擅长的方面进行一次伟大的实验呢?我在想,我们在弹道学上所取得的进步能不能帮助我们实现这个目标呢?

"我一直在考虑、计算,最后研究的结果让我确信,我们一定能干成一件让其他国家都感到不可思议的大事。这项研究将是我今天会议的主要内容,我相信它一定轰动世界!"

"轰动世界?"一个大炮发明家激动地问道。

"对,真正地轰动世界!"巴比康回应道。

"不要打断他的话!"几个声音不满地嚷嚷起来。

"所以,请大家注意听!"巴比康继续发言。

"我想大家都见过月亮吧!如果今天我在这里和大家谈谈月亮的事,希望大家不要大惊小怪,也许它将使我们成为这个全新世界的哥伦布。请先听听我的计划,希望大家能够支持我、帮助我,我要带领你们去征服月球!"

"好啊!月亮!"大厅里的会员们异口同声地高呼。

"我们对月球已经做了充分的研究，"巴比康说，"关于它的质量、密度、体积、构造、运动，还包括它在太阳系中的作用，已经全部弄得清清楚楚。我们还绘出了月球的平面图，精细程度甚至与地图不相上下。

"另外我们还有许多照片，总之，关于月球的一切，我们能够知道的已经全部知道了，可是，直到现在，我们也没有和月球建立直接的联系。

"在这之前，有许多人都对月亮产生了不少关注，还写了不少有关在月球上旅行，或是关于月球环境的书籍。可是，他们列举的这些不过是纸上的空想，根本不算是真正的实践。

"也就是说，到目前为止，地球和月球还没有任何联系。那么，这项伟大的任务就交给我们这些有着真才实学的人吧！我们可以用最简单可靠的方法登上月球，并且保证万无一失！"

说到这里，台下出现了一阵骚动，大家热烈地拍手欢呼着。

"安静点儿！注意听！"又有人不满了。

"大家都知道，最近几年来，我们在弹道学上取得了非常大的进步，所造出的炮弹几乎达到了完美的程度。而且一般来说，大炮的撞击力和火药的膨胀力其实是没有限度的。那么，根据这个原理，我们是不是可以制造出一个有足够大发射力的装置，将炮弹射到月球上去呢？"

这时，原本安静的大厅里突然爆发出了一阵阵诧异的惊叫，紧接着便是雷鸣般的掌声、欢呼声和喝彩声。巴比康想继续讲下去，可是声音却被淹没了，足足过了十分钟，大家才能够听清他的话。

第一章
炮弹畅想曲

"请让我说完,亲爱的朋友们,"主席冷静地继续说,"只要一颗炮弹发射的初始速度足够快,那它就一定能够到达月球。因此,我在此很荣幸地向大家提议,让我们来试试这个伟大的实验!"

主席的最后几句话,在整个会场引起了相当热烈的反响,各种高喊声、吼叫声此起彼伏。

大家全都骚动了起来,有的在地板上直跺脚,开心得手舞足蹈。会场的屋顶都快被这群人掀翻了。

巴比康主席安静地坐在这片嘈杂当中,看起来十分冷静。他还想说点儿什么,可是手中的铃铛摇晃了几下,那微弱的声响根本没引起任何人的注意。反而,他被狂热的人群从椅子上拉起来,然后被高高地抛起。

美国人一直都认为,这个世界上没什么事情是不可能发生的。所以,巴比康的计划在群众的心中完全可以实现,而且不会有任何困难。

大家开心地簇拥着主席在大街上闹腾了一个晚上,月亮仿佛也知道今天谈论的主角是它,把明亮的月光洒向大地,人们纷纷把目光投向天空,致以最高的赞美和温柔的飞吻。

直到次日凌晨2点,大家激动的情绪才纷纷平复下来。

巴比康总算回到了家中,他感觉浑身酸疼,像是散了架似的,换谁也禁不住这么一顿折腾呀!

广场上和街上的人群也慢慢散去了,整座城市总算恢复了以往的平静。

不过,你要是认为今晚就只有巴尔的摩这一座城市沸腾,那可就大错特错了。

就在巴比康刚刚结束他的演讲后,消息就被电报以每秒40

千米的速度飞快地传播了出去。

第二天，1500多家报纸、杂志争先报道了这条新闻。消息所到之处，纷纷爆发出热烈的欢呼，一声声"万岁"响遍了美国每一片土地。

第二章 热烈的反响

这次会议决定的方案在外界引起了很大的反响,胆子小的人一想到要向太空发射一颗铝制炮弹,就忍不住地担忧。人们都在互相猜测,到底什么样的大炮才能把这么重的炮弹发射到太空呢?

人们纷纷从物理学、气象学、经济学、政治学等各个方面展开了激烈的讨论,许多学者还发表了相关文章。

讨论异常激烈,但是没有一篇报道怀疑过这项计划的成功。所有人都希望有一天能够揭开这颗星球的神秘面纱。

波士顿的自然历史学会、美国科学艺术学会、纽约的地理统计学会、费城的哲学学会,还有华盛顿国立博物馆等都为大炮俱乐部发去了贺电,并且还愿意提供人力和金钱的帮助。

从来都没有过一项计划能够受到如此一致的拥护,从那一天起,巴比康成了美国最伟大的人物之一,此刻的他就相当于"科学界的华盛顿"。

但是,巴比康并没有沉迷在人们对他的褒奖中,他在会议结束后的第一件事,就是召集俱乐部的会员们进行会议讨论。

经过大家的商量,一致同意这项计划中的天文知识要向天文学家们请教,至于机械装置的问题,就要等到天文学家回信再说。为了确保计划万无一失,任何细节都不能忽视。

于是他们草拟了一份信件,上面用十分精准的语言列出了所有需要解答的问题,然后将它寄给了马萨诸塞州的剑桥天文台。那里聚集了全世界最了不起的科学家,那架曾经发现过天狼星的大望远镜就是在这里诞生的,所以他们完全值得大炮俱乐部信赖。

仅仅过了两天时间,巴比康就收到了众人急切期待的回

第二章
热烈的反响

信。内容如下:

剑桥天文台台长致巴尔的摩大炮俱乐部巴比康主席:

我台很荣幸收到贵俱乐部在本月6日发出的信函,我们对此十分重视,经过仔细讨论,现将所提问题一一列出,再分别做出解答:

1.是否有可能向月球发射一颗炮弹?

这个是可以的,如果炮弹的初始速度能够达到12000码①每秒。我们就完全可能将炮弹发射上去。

当物体离开地球表面时,随着距离的增加,物体的重量就会开始减轻,当炮弹到达整段路程的五十二分之四十七(即地球与月亮之间的引力平衡点)时,物体的重量就会消失,如果你们的炮弹能够越过这一点,那么单凭月球的引力也会使炮弹落到月球上。

这个实验完全可以一试,不过成功与否要取决于你们发射装置的威力。

2.地球与月球之间的确切距离到底是多少?

月球环绕地球的轨道并不是正圆,而是椭圆,地球在这个椭圆的其中一个焦点上。月球在运行的过程中,会到达一个距离地球最近的点和一个最远的点,我们称之为近地点和远地点。

这里存在一个很重要的问题:两者间的差距相当大,月球在远地点时,距离地球247552英里②,而在近地点时,只有218657英里,二者相差了28895英里。所以我们应该选择近地点作为计算的基础。

---

① 1 码 ≈ 0.914 米
② 1 英里 ≈ 1.609 千米

3.在足够的初始速度下,炮弹需要多长时间才能到达月球?什么时候发射炮弹最合适?

如果炮弹能够一直保持初始速度12000码每秒的话,只需要9个小时就能到达。不过速度会不断下降,所以经过精密的计算,炮弹要经过83小时20分钟,才能到达地球与月球的引力平衡点。然后再经过13小时53分20秒,才能到达月球。

因此,应该在到达瞄准的那个点之前97小时13分20秒的时候,将炮弹发射出去。

4.月球在什么时候最容易被击中?

根据之前的分析,应当选择月球恰巧在近地点同时又位于天空正上方的那一点即天顶点发射。这样能减少飞行相当于地球半径的距离,也就是3919英里。所以炮弹需要飞行的路线共有214976英里。

不过,想要同时满足这两个点的条件,必须经过很长时间才行。幸运的是,在明年的12月4日那天,晚上12时,月球将同时经过近地点和天顶点。

5.炮弹应该瞄准天空的哪个位置?

应该瞄准天顶点。这样一来,射击线会与地面保持垂直,炮弹会更快地飞离地球。但是为了确保命中目标,月球要恰好进入特定的位置才行。

这就要求发射地点的纬度必须低于月球轨道与地球平面的倾斜角,也就是说发射的位置必须选在N28°—S28°之间。在其他的位置只能倾斜发射,但这样会大大降低实验的成功率。

6.发射炮弹时月球应该位于天空的什么位置?

月球每天运行的距离是13°10′35″,由于炮弹运行还需要时间,所以在发射炮弹时应该在该度数四倍的地方。另外,还要

第二章
热烈的反响

考虑到因为地球自转导致的炮弹产生偏差，计算后得出，这一偏差大约在11度。所以再加上偏差的度数，共计约64度。那么在发射炮弹时，月球的方位必须和垂直线交叉成64度角。

以上就是我们对大炮俱乐部提出的问题进行的解答。

综上所述：

第一，大炮要安装在N28°—S28°之间；

第二，炮口要对准天顶点；

第三，炮弹要具有12000码每秒的初始速度；

第四，炮弹应在明年12月1日晚10时46分40秒准时发射；

第五，炮弹将会在12月5日晚12时，月球经过天顶点时到达。

所以，贵俱乐部的会员们要抓紧时间准备各项工作，必须在指定的时间发射。否则一旦错过，就要再等上18年零11天才能再碰上月球同时位于近地点和天顶点了。

如果以后再遇到天文学方面的问题，我们剑桥天文台将随时为你们解答。我们在这里和全国人民一起预祝你们获得成功！

剑桥天文台台长
贝尔法斯特
剑桥 10月7日

剑桥天文台已经在回信中从天文学的角度回答了这些理论问题。那么现在最关键的任务就是解决发射装置的问题了。

巴比康立即在大炮俱乐部成立了执行委员会，主要是解决三个方面的问题：大炮、炮弹和火药。

委员会由四名会员组成，他们都是相关领域的专家。分别是：巴比康主席（在产生意见分歧时具有决定权）、摩根将

军、艾尔菲少校,当然还有爱凑热闹的梅斯顿,他被任命为秘书。

10月8日,执行委员会委员会议在共和街3号巴比康家里举行。

巴比康开始发言:"亲爱的同事们,我们首先要解决的问题应该是——当物体被一种推动力送入太空以后,物体继续前进的动力。这属于弹道学的范畴。不过,经过我的反复思考,我觉得我们应该先来研究炮弹的问题比较好,因为大炮的体积是由炮弹的体积决定的。

"所以我们现在研究的重点是,怎样才能让炮弹的速度达到12000码每秒。我们首先要知道,到目前为止,炮弹的最快速度是多少?这个问题我想摩根将军可以为我们解答一下。"

"这个我知道。"摩根回答道,"100磅①的道格林炮,射程为5000码,初始速度为500码每秒;罗德曼的哥伦比亚炮,炮弹重约半吨,射程为6英里,初始速度为800码每秒。到目前为止,还没有其他大炮能够超过这个数字的。"

"也就是说,800码每秒就是目前为止炮弹的最快速度了。"巴比康思索着,"那么我们就要把这个速度提高15倍。至于用什么方法才能达到这个速度,我们下次会议再来探讨。现在我们得弄清楚,炮弹的体积到底要多大才合适。我们现在要研究的可不是那种只有半吨重的炮弹了!这次和从前都不一样,不再是把炮弹扔出去之后就再也不管它了,这次我们必须一直观察着它,直到它到达目的地为止!"

"啊!"摩根和艾尔菲同时叫了一声,显然他们对这个提

---

① 1磅 ≈ 0.454 千克

第二章 热烈的反响

议感到非常惊讶。

"这样一来，我们就要造一个十分巨大的炮弹啦？"摩根问道。

"听我说，"巴比康继续讲，"现在的光学仪器已经到了非常精密的程度，甚至可以把目标物体放大6000倍，相当于一下子把月亮拉近到距离我们只有40英里。不过在这个距离下，我们只能看到60英尺①的物体。"

"那怎么办呢？"摩根又问道，"难道您想做出一个直径60英尺的炮弹吗？"

"不！"

"那么你想让月亮更加明亮？"

"我正是这样想的。"

"这怎么可能呢？"听到这儿，梅斯顿惊叫道。

"这其实没那么难。"巴比康回答，"如果我们能够降低大气层的厚度，那么月光就会更少地被大气层吸收，那不就可以使月亮更加明亮了吗？"

"的确是这样的！"

"那么，我们只需要把望远镜架到某座高山上去，就可以达到这样的效果了。"

"我明白了！"摩根高兴地说，"您可真会把复杂的问题简单化！那你打算放大多少倍呢？"

"4.8万倍，这样就能将月亮拉到距离我们5英里的地方，那样的话，直径不超过9英尺的物体都能够看得清清楚楚！"

"所以我们炮弹的直径还不到9英尺！"梅斯顿激动起来。

---

① 1英尺 ≈ 0.305米

"没错!"

"可是,"艾尔菲说,"炮弹的重量仍要达到……"

"我亲爱的少校,"巴比康打断了艾尔菲的话,"在讨论炮弹的重量之前,我们先来聊聊我们祖先取得过的成绩,有些甚至比我们现在的成果还要惊人。"

"不可能!"摩根不相信。

"比如说,1453年,君士坦丁堡使用的石弹重达1900磅;骑士时代的马耳他岛,那里曾经有一门大炮,发射过2500磅的炮弹;最后是在路易十一的时候,有一门炮虽然只射出了500磅的炮弹,但这颗炮弹却从巴士底狱一直射到了夏朗东。"

"炮弹的射程在不断增加,"巴比康接着说,"可炮弹的重量反而降低了。如果我们能够朝着这个方向再努把力,我们的炮弹就一定能达到那个目标!"

"一定可以!"艾尔菲说,"不过,你打算用什么金属制造这颗炮弹呢?"

"铸铁就行。"摩根说道。

"可是,"艾尔菲说道,"炮弹的重量和它的体积是成正比的,一颗直径9英尺的炮弹仍然会重得惊人的。"

"实心的炮弹自然很重,可是空心的就不会了。"巴比康回应道。

"空心的?那还是炮弹吗?"

"可我们必须这么做。一颗直径9英尺的实心弹,重量就有20万磅,那实在是太重了。考虑到炮弹的稳定性,我建议把它做成2万磅。"巴比康回答。

"那么,弹壁的厚度呢?"艾尔菲问道。

"按照一般的比例。"摩根计算了一会儿,然后说,"9英

尺的直径,弹壁应该在2英尺。"

"不行,太厚了!"巴比康微微皱眉,"注意,我们现在讨论的不是能够穿过钢板的炮弹,弹壁的厚度只要能够抵御住周围气体的压力就可以了。

"所以,现在问题的关键是:厚度为多少的弹壁才能让炮弹的重量不超过2万磅。这个问题就交给我们的秘书梅斯顿吧!"

"这太简单了!"梅斯顿立刻在纸上飞速地写起了一连串公式,不一会儿就算了出来,"厚度不超过12英寸①。"

"这厚度恐怕撑不住吧?"艾尔菲怀疑地问。

"显然不行。"巴比康回答。

"那要怎么办呢?"艾尔菲困惑地摇摇头。

"我们不用铁,用另外一种金属。"

"用铜行吗?"摩根问道。

"还是太重了。"

"那用什么?"艾尔菲问。

"用铝!"巴尔康答道。

"铝?"其他三个人异口同声地喊道。

"是的,朋友们!在1854年,法国化学家戴维尔成功提炼出了铝。这种金属像银子一样白,像金子一样永不褪色,具有铁的坚固,像铜一样容易熔化,并且和玻璃一样轻。这种金属容易提炼,分布广泛,正是我们制造炮弹的绝佳材料!"

"铝的成本会不会太高了?"艾尔菲问道。

"刚开始的确很高,不过现在每磅只需要9美元。"巴比康

---

① 1英寸 ≈ 2.54 厘米

说。

"可还是很贵啊!"

"价钱确实是高了些,不过我们也买得起。"

"那炮弹的重量应该是多少呢?"摩根追问。

"通过计算,我得出的结论是这样的,"巴比康说,"一颗直径9英尺、弹壁厚12英寸的铁质炮弹重量是67440磅,而用铝的话仅为19250磅。"

"太好了!"梅斯顿激动地说,"简直太适合我们的炮弹了!"

"好是好,可是资金问题呢?"艾尔菲大喊着,"每磅9美元,那我们的炮弹就要花上……"

"17.5万美元。我十分清楚,请大家不要担心,我可以保证,我们的资金绝对不会是问题。那么现在大家还有什么意见吗?"

"通过!"三位委员一致同意。

第一次委员会议结束了,炮弹的问题得到了圆满解决。

这次会议决定的方案在外界引起了很大的反响,胆子小的人一想到要向太空发射一颗铝制炮弹,就忍不住担忧。人们都在互相猜测,到底什么样的大炮才能把这么重的炮弹发射到太空呢?执行委员会的第二次会议将要解决这一问题。

第三章 支持与反对

　　尼克尔又嫉妒，又无能为力。自己要发明一种什么样的铁甲，才能抵御巴比康那个2万磅的炮弹呢？

　　尼克尔一开始被这项计划深深地打击到了，可是渐渐地，他恢复了信心，决心要用一些论点来击垮这项计划。

第二天晚上,四位委员又聚在了一起。

"亲爱的朋友们!"巴比康主席直接进入了主题,"今天,我们的会议内容将围绕大炮展开。大炮的长度、结构、形状和重量都将是极为重要的问题。我们会制造出巨型大炮,无论遇到多大的困难,我们都要克服。所以,接下来我说的话,你们要直言不讳地提出反对意见,我是不会退缩的。"

"如今我们的问题是:如何把一颗直径9英尺、重达2万磅的炮弹以12000码每秒的速度发射出去。"

"就是这个问题。"艾尔菲赞同道。

"那我接着说。当炮弹被发射出去之后,会受到三种不同力量的影响,分别是空气的阻力、地心引力和本身的推力。那我们就来分析一下这三种力。

"首先是空气的阻力,其实这根本不算什么,地球的大气层一共才40英里。若是以12000码每秒的速度,炮弹5秒钟就可以穿过去了,根本不用担心。

"接下来是地心引力,物体的重量与距离的平方成反比,当物体向地球表面下降时,第一秒钟的速度是15英尺。但如果把同一物体放在月球与地球之间,那么第一秒下降的速度几乎可以视为静止不动。所以要想克服地球引力,就需要一个足够大的推动力。"

"这正是困难之处。"艾尔菲说道。

第三章
支持与反对

"的确如此,"巴比康点点头,"不过我相信我们一定会克服的。炮弹的初速度取决于大炮的长度和炸药的用量,而炸药的用量又取决于大炮的承受能力。所以,我们今天的主要任务就是研究大炮的体积。"

"到目前为止,"巴比康接着说,"世界上最长的炮还没有超过25英尺。所以我们一定会造出一门震惊世界的长炮!"

"没错!"梅斯顿激动地说,"我们要造一门长达半英里的大炮!"

"什么?半英里?"摩根和艾尔菲都吃了一惊。

"是呀!就这样还算短了呢!"

"你醒醒吧!"摩根说,"这也太夸张了!"

"嘿!"梅斯顿急了起来,"你凭什么这么说?"

"先生!"摩根高傲地说,"造炮的人就和他的炮弹一样,是跑不远的!"

巴比康看到这种情况,不得不出面阻止这场争吵。

"冷静点儿,朋友们!我们的确需要制造出一门足够长的炮,这样才能增加火药在爆炸时的膨胀力。不过这长度也没必要超出正常太多。"

"就是就是!"艾尔菲表示同意。

"一般情况下,大炮的长度是炮弹直径的25倍,重量为炮弹的235倍到240倍。"

"这根本不够!"梅斯顿叫了起来。

"是的,按照这个比例,我们这颗直径为9英尺、重2万磅的炮弹,将只有一个长225英尺、重480万磅的炮身。"

"真是太可笑了!"梅斯顿大声说道,"那还不如用手枪呢!"

"我也是这样想的，"巴比康接着说，"所以我建议把这个数字放大四倍，造一门长900英尺的超级大炮！"

将军和少校立即提出了反对意见，不过由于梅斯顿的强烈支持，这个意见还是被采纳了。

"那炮壁的厚度应该为多少呢？"艾尔菲说。

"6英尺。"巴比康回答。

"你不会是还想把这么笨重的东西往炮架上放吧？"艾尔菲问道。

"一定要放，"巴比康说，"不过，我们可以把炮筒直接建在地上，外面用锻铁箍起来，最后再用石头和泥浆把它结结实实地围起来，炮筒铸好后，要把腔面仔细地打平磨圆，不能出现一丝缝隙。这样一来，在大炮发射时就不会损失一丝气体，火药的膨胀力就会全都变成推动力。"

"可是要用什么金属来制造大炮，也是一个重要的问题。我们的发射炮必须韧性强、硬度大、高温下不易熔化，同时还不易被腐蚀、氧化才行。"

"我有办法！"摩根说，"我建议我们最好用合金来制造。由铜、锡和黄铜炼成。它们的比例为100：12：6。"

"我承认这种合金的性能非常好，可是在我们目前的情况下，一个是造价过高，一个是这种合金非常难生产。所以，我们还是用铸铁怎么样？"巴比康说道。

"我觉得可行。"艾尔菲回应道。

"铸铁不仅比合金便宜，并且还容易熔化，只需要浇在砂模里就可以了，操作十分方便，既省钱，又省时间。另外，这种材料的质量高，曾经在亚特兰大被围困时，铸铁炮可以每隔20分钟就发射100发炮弹，而且丝毫没有损坏。"

第三章
支持与反对

"铸铁太脆了!"摩根摇摇头。

"可是它却很坚固。我确定在我们开炮之后,炮身绝对不会爆炸。"

"就算是把我炸飞,我也心甘情愿!"梅斯顿马上就表了决心。

"让我算一下这门大炮的重量。"梅斯顿接着说,然后就在纸上又一次开始写写算算。过了一会儿,结果出来了。

"大炮的重量将为6.8万吨,按照每磅200美分来计算,大炮将要花费……

"300万美元。"

这时,三个人全都担心地看着巴比康。

"别担心!先生们,"巴比康看着大家,"我再一次重复昨天的话,我们是不会缺少这几百万美元的!"

各位委员在得到了巴比康的保证,并且听他做出第二天继续开会的决定以后,就散会了。

最后就剩下火药问题了。大家都在焦急地等待着巴比康做出这个重要的决定。既然炮弹的尺寸和炮筒的长度都确定下来了,那么,要用多少火药才能产生足够大的推动力呢?

一升火药大约有2磅,但它在燃烧时则会产生400升的气体,这些气体在2400摄氏度的高温下膨胀,会占据4000升的空间。

火药的体积和它在燃烧时释放出的气体之比是1∶4000。可想而知,当气体被压缩在四千分之一的空间时,它的推动力将会多么可怕!

艾尔菲曾经在战争中负责火药部门,所以在第二天的会议上,艾尔菲首先发言。

"先生们！"艾尔菲清了清嗓子，"首先我要列举一些数字作为我们计算的基础。一颗旧式的24磅的炮弹需要16磅的火药把它发射出去。"

"这个数字准确吗？"巴比康问道。

"绝对准确。"艾尔菲答道，"安姆斯强炮发射一颗800磅的炮弹需要用60磅火药，而罗德曼哥伦比亚炮用了160磅的火药，就把一颗半吨的炮弹发射到了6英里之外的地方。这些数字绝对真实可靠，因为当时都是由我亲自把它们写在大炮生产委员会记录里的。"

"那么这些数字说明了什么呢？"巴比康问道。

"说明火药的用量并不会随着炮弹重量的增加而增加，"艾尔菲回答道，"如果一颗24磅的炮弹需要16磅的火药，相当于炮弹重量的三分之二，而一颗半吨重的炮弹却没有继续按照这个比例用上333磅的火药，而是被压缩到了160磅。根据战地的实验记录，最大的炮弹曾经只用了十分之一重量的火药就发射出去了。"

"那么我们到底应该用多少火药合适呢？"巴比康接着问道。

三位会员互相对视了一会儿。

"20万磅。"摩根先给出了一个数字。

"50万磅！"艾尔菲说道。

"80万磅！"梅斯顿显然觉得他们两个人都说得太少了。

这一次艾尔菲没有指责梅斯顿过于夸张，因为他们毕竟是要将一颗2万磅的炮弹以12000码每秒的速度发射到月球上去，谁都拿不准这个数字。于是大家陷入了一阵沉默。

最后，还是由巴比康打破了沉寂。

第三章
支持与反对

"朋友们,"巴比康平静地说,"我认为,只要我们造出来的炮弹具备既定的条件,那么它对火药的承受力应该是无限的。所以,我要对梅斯顿说,你计算得还是太保守了。朋友们,请千万别吃惊,我们还要在80万磅的基础上再增加一倍才行!"

"160万磅!"梅斯顿一下子从椅子上跳了起来。

"没错。"

"如果这样,那就必须使用我那门半英里的长炮了。160万磅的火药会占用2万立方英尺①的空间。可是你昨天说的那门900英尺长的大炮,只有54000立方英尺的容量。火药就要占去将近二分之一的容量,要想让气体的膨胀带给炮弹足够的推力,那样的炮腔就太短了!"梅斯顿大声说道。

摩根和艾尔菲都十分赞同梅斯顿的话,于是大家静静地看向巴比康主席。

"可是,我依然坚持自己的看法。"巴比康坚定地说,"你们想一想,160万磅的火药能够产生多少升气体?60亿!你们听清楚了吗?"

"那可怎么办呢?"摩根有些忧愁。

"我们必须在降低火药用量的同时,保持它原有的力能不变。"

"用什么方法呢?"

"那我现在就来给大家讲一讲!"三个人都紧紧地盯着巴比康。

"这个问题其实就是要把火药的体积压缩到原来的四分之

---

① 1立方英尺 ≈ 28316.8立方厘米

一。我想大家都知道,有一种由植物纤维组成的,叫作纤维素的东西吧?"

"啊!我明白了!"艾尔菲一下子恍然大悟。

"这种物质在棉花中的纯度很高,如果我们将棉花泡在硝酸里,不用加热,它就会变成一种难以溶解,并且燃烧性与爆炸性都非常强的物质。这就是大家熟知的火棉。随着现在提取工艺的提高,只要在把握好火候的情况下,把它在硝酸里泡上15分钟,然后洗净、晾干就可以了。

"并且火棉的性质有许多优点。首先,它不怕潮湿,这一点非常重要,因为把火药全部装进炮筒得用上好几天的时间,一般的火药是非常容易受潮的;其次,火棉的燃点低,160摄氏度就可以将它引燃,并且燃烧速度非常快,在普通火药还没点起来的时候,它就已经燃烧了;最后,它对炮弹的推动速度比普通火药要快上四倍。"

"真是太好了!"艾尔菲欢呼道。

"不过火棉的价格要贵一些。"摩根说道。

"那有什么关系?"梅斯顿可毫不在意。

"所以,我们只需要40万磅的火棉就可以代替160万磅的普通火药。由于我们可以十分安全地把500磅的火棉压缩成27立方英尺的体积,所以它只占据炮腔80英尺的空间。它将产生60亿升气体的推动力,穿过700英尺以上的炮腔,将炮弹送上月球!"

听到这里,梅斯顿再也克制不住内心激动的情绪,像一颗炮弹一样直直地飞入了巴比康的怀抱。

至此,第三次委员会议圆满结束。

巴比康和他那群勇敢的朋友,解决了十分复杂的炮弹、大

第三章
支持与反对

炮和火药的问题。计划已经做好，剩下的就是实施了。

美国人民都对这项计划起了浓厚的兴趣，即使是最微小的细节也不放过。

从这个项目开始实施到最终完成，总共经历了一年多的时间。在这段时间里，出现了许多令人激动的事情。

因为在炮弹发射出去之后，仅仅十分之一秒的工夫就什么也看不见了，而之后关于如何登月等情况也只有极少数的人才能了解。所以，大家就都把目光锁定到了实验的准备工作上去了。

当然，这件事情之所以如此受人瞩目，还因为发生了一个意外事件。

要知道，自从"巴比康计划"出现以来，一直广受大家的崇拜与支持。

可是这其中却有一个人始终反对大炮俱乐部的这项计划。只要一有机会，他就会对这项计划进行猛烈地抨击。

而巴比康对其他赞美的声音一直毫不在意，却偏偏对这个反对者产生了兴趣。

这个人和巴比康一样，也是个科学家，大家都叫他尼克尔船长。这两个人在之前从未见过面，可是他们之间的斗争，却从未停止过。

巴比康是制造炮弹的专家，而尼克尔船长却是制造铁甲的专家。

在南北战争期间，一个费尽心思想要击穿对方，一个想方设法做出防御。每当巴比康发明出了新式炮弹，尼克尔就会开始研究新型铁甲。

在一次实验中，尼克尔的铁甲成功防御住了巴比康的炮

弹,于是尼克尔以为自己获得了最后的胜利。

但在后来的实验中,巴比康发明了一种重达600磅的圆锥形榴弹,将尼克尔的铁甲炸得片甲不留,胜利又回到了巴比康这边。

尼克尔并不服输,在战争结束的那一天,尼克尔又发明出了一种全新的锻钢铁甲,他立即向巴比康发出挑战。可是由于战争已经结束了,巴比康便拒绝了。

无论尼克尔在那头如何挑衅,巴比康就是不为所动。估计那时候他正全身心地投入到他那项伟大计划中呢!

自从巴比康做了上次那场出名的报告之后,尼克尔船长的怒火被彻底激了起来。

尼克尔又嫉妒,又无能为力。自己要发明一种什么样的铁甲,才能抵御巴比康那个2万磅的炮弹呢?

尼克尔一开始被这项计划深深地打击到了,可是渐渐地,他恢复了信心,决心要用一些论点来击垮这项计划。

于是,尼克尔开始在各大报纸上发表众多的公开信,想要从科学的角度阻止巴比康的计划实施。

尼克尔用尽各种威胁的手段,可他的理由往往模棱两可,或者没有科学依据。

然而面对这些攻击,巴比康一点儿也没往心里去。只是专心致志地埋头做着自己的工作。

尼克尔看到这种情况,又把矛头指向了别的方向。这次他没有继续说这项计划的不严密之处,而是谈论公共安全问题。

尼克尔说,那门可怕的大炮对于城市来说,是十分危险的。他还认为,如果这颗炮弹不能成功到达目的地,那么由于地球的引力,炮弹一旦落回到地面上,无论在哪里都会使那个

第三章 支持与反对

地方承受巨大的灾难。

所以尼克尔请求政府加以阻止，不能让巴比康一意孤行。

可是，无论尼克尔怎么说，都没有人听他的，自始至终都是他自己在瞎折腾，而巴比康根本都懒得去反驳他的理论。

被逼无奈的尼克尔船长一直得不到回应，心里气愤得不得了，于是他决定用金钱取胜。

他在里希蒙的《调查人》杂志上接二连三地公开向巴比康提出赌约，而且赌注一次比一次多。以下就是他下过的赌注：

一、大炮俱乐部不可能凑足实验所需要的资金。

赌注：1000美元。

二、铸造一门长达900英尺的大炮的计划是根本不可能实现的。

赌注：2000美元。

三、火药是无法装进炮膛内的，因为低氮硝化纤维在压力的作用下会自动起火。

赌注：3000美元。

四、大炮第一次开炮就会爆炸。

赌注：4000美元。

五、炮弹不会飞行超过6英里，并且它会在射出几秒钟之后坠落。

赌注：5000美元。

这可不是个小数目，由于尼克尔船长的固执，他一共赌上了15000美元。

虽然赌注十分巨大，但是尼克尔船长还是在10月19号收到了加盖火漆印的回信。

回信的内容非常简单，只写了两个字：

接受!

巴比康
巴尔的摩 10月18日

此外,还有一个亟须解决的问题,那就是必须选择一个适合大炮发射的地点。

根据之前剑桥天文台的建议,所选地点要在N28°—S28°之间。

10月20日,巴比康召开了俱乐部全体成员大会,并带了一张精确的美国地图来到现场。

通过会议的讨论,在美国共有两个地方可以进行实验,分别在德克萨斯州和佛罗里达州境内。

佛罗里达州的南部没有什么重要的城市,只有一个叫坦帕的小城符合大炮发射的条件。

而德克萨斯州则不同,有许多城市都能够进行实验,并且其中还有许多十分重要的城市,比如:努埃塞斯地区的科珀斯克里斯蒂、韦伯地区的拉雷多、科马里特、圣·依纳桥,等等。

于是,在得知了会议的决定之后,佛罗里达州与德克萨斯州的代表们就立即在第一时间赶了过来。两个州之间展开了一场激烈的竞争。

第四章 热火朝天的准备

再往前走几英里后,大地的特点就慢慢发生了改变,清澈的溪水、河流,静静的湖泊紧密相连。地势越来越高,不一会儿,耕地出现在了眼前,无边无际的田野上,菠萝、山芋、水稻、甘蔗、棉花生机勃勃地伸展着腰肢。

代表们先是把巴比康和俱乐部一些重要的会员围起来，反复强调自身的优势，而后又把争斗的场地转移到了报纸上，一次次地展开唇枪舌战，激烈打击对方。双方的斗争越来越激烈，到了几近疯狂的地步。

巴比康一时间被弄得左右为难。便条、文件甚至恐吓信雪片般飞到他的眼前。这两个州从土地状况、交通设备和运输的便捷性上来说，几乎不相上下，从政治角度上看也没有什么不同，可是到底要选哪个州才好呢？

就这样犹豫了一段时间之后，巴比康决定快刀斩乱麻。他又把会员们召集到一起，决定解决这个问题，不过他的解决方法还是十分明智的。

"鉴于最近发生在德克萨斯州和佛罗里达州之间的冲突，可以想到，如果选出了一个州之后，同样的冲突还会发生在州内符合条件的各个城市之间。"巴比康说道，"所以，为了避免发生这些不必要的麻烦，我建议选择只有一个城市参与竞选的佛罗里达州。"

这个决定公布以后，德克萨斯州的代表们气得大骂俱乐部的会员们。巴尔的摩的行政官员立刻采取措施，派了一辆特快列车，不论代表们愿不愿意，把他们全部送离了这个城市。

接下来，就只剩下了最后一个问题——资金问题。要想完成这个实验，需要数百万美元的巨额资金，这笔钱可不是哪个

第四章
热火朝天的准备

人,或者哪个城市一下子就能拿出来的。

虽说这是美国人自己的事业,巴比康却还是认为,要把它当成一个世界性的实验。所以,巴比康决定向全世界发出筹集捐款的请求,希望每个民族都能够伸出援助之手,在经济上给予一定资助。

这次募捐获得了意想不到的成功。即便这不是贷款,而是完完全全没有回报的赠予,却一点儿都没有影响到捐款的进展。巴比康那次报告的影响不仅仅局限在美国境内,它同时轰动了世界的各个角落。

10月8日,巴比康发表了一篇热情洋溢的声明,他在声明里向"世界上所有善良的人"发出呼吁。这篇文章被翻译成了各种语言,获得了巨大的成功。

仅仅在巴比康发表声明的第三天,就筹集到400万美元的捐款,有了这笔捐款,大炮俱乐部便立即开始了工作。

又过了几天,又有电报发来,其他国家也在轰轰烈烈地进行募捐。不过,此时大炮俱乐部的会员们早就沉浸在那项伟大的事业中了,根本无暇顾及这些。

这次募捐总共筹集了541万美元,可是造炮、镗炮、冶铁高炉的砌筑、工人、运输、建造熔炉和房屋、工地的机器设备、火药、炮弹再加上一些意外的费用,就足以把这笔钱耗尽了。

大炮俱乐部同一时间和高尔兹普林制造厂签订了一份合同,这个厂子曾经制造出南北战争期间最好的铁炮。

合同规定,最晚在第二年10月15日之前,高尔兹普林制造厂必须将铸好的大炮和所需物资运达佛罗里达州南部的坦帕城。否则就要再等18年零11天了,如果这样,制造厂必须每天支付给俱乐部100美元的违约金。合同里同时还规定,招募工

人、给工人发放工资以及该工程需要的一切运输费用,都由高尔兹普林工厂自行承担。

合同一式两份,经过巴比康和工厂经理默奇森签字后,立即生效。

自从大炮俱乐部否决了德克萨斯州的申请之后,在人人都读书写字的美国,每个人都研究起佛罗里达州的地理来。

而巴比康要做的可比这些重要多了。他急着进行试验地点的实地考察,并选定发射大炮的确切地点。因此,他立即把制作望远镜的所需资金拨给了剑桥天文台,又和奥尔巴尼的布里杜威尔公司签订了一份制造铝炮弹的合同。然后巴比康就在梅斯顿、艾尔菲和高尔兹普林厂厂长默奇森工程师的陪同下,马不停蹄地离开了巴尔的摩。

第二天,一行四个人来到新奥尔良,他们在那里登上了联邦海军部一艘名为"唐比科号"的军舰,这是美国政府专门给他们使用的。

这段航程并不长,两天后,他们驶过了480英里的路程,佛罗里达的海岸就近在眼前了。不一会儿,他们就进入了艾斯皮里图海湾。

海湾的北端分为两片水域,"唐比科号"在靠近东边的一个天然小港抛了锚。巴比康四个人立刻登上了岸。

巴比康一踏上佛罗里达的土地,心里就激动得怦怦直跳,他用脚试探着这片土地,就像工程师在查看这里的地基是否结实一样。而梅斯顿则用他那铁钩子手不停地翻弄地上的泥土。

四个人一上岸,3000多名坦帕城的居民一下子就拥了上来,用他们自己的方式来表达心中的敬意。

可巴比康却避开了所有热情欢呼的场面,一个人静静地躲

第四章
热火朝天的准备

进了旅馆的房间,他还没有习惯做名人的感觉。

第二天一早,巴比康被窗外的吵闹声叫醒了。原来是为他们准备的马到了,只见一匹匹生龙活虎的西班牙小马正在窗前用前蹄刨着地,不过不是4匹,而是50匹!一同前来的还有十几名骑手。巴比康和他的伙伴们从旅馆里出来,看到这么大的阵仗,心中十分诧异。并且巴比康还注意到,每名骑手身上还配了枪。

这是要干吗呀?还没等巴比康问,就有一名骑手先开口说道:"先生,这里有塞米诺尔人。"

"塞米诺尔人?"

"他们是在草原上流浪的野人,所以我们有必要保护你们的安全。"

"原来是这样,"巴比康笑道,"谢谢你们的好意,那我们就赶快出发吧!"

一行人浩浩荡荡地离开了旅馆,此时正好是早上5点。

他们离开了坦帕城,沿着海岸朝阿里菲亚河走着。海湾很快消失在了身后的山冈中,放眼望去,前面是佛罗里达广阔的平原。

佛罗里达州分为两部分,北部人口相对稠密,首府是塔拉哈西。南部则只是一个受到墨西哥湾海水侵蚀的半岛,像一块迷失在一群小岛中间的岬角。佛罗里达州面积不大,巴比康要做的,就是在N28°线以内的地方选定大炮的发射地点。所以,巴比康一直认真仔细地观察着这里的土地结构和分布状况。

佛罗里达最初的名字叫作"百花盛开的地方",可是它那常年被太阳炙烤着的贫瘠海岸,看起来却和这个名字并不相称。不过再往前走几英里后,大地的特点就慢慢发生了改变,

清澈的溪水、河流,静静的湖泊紧密相连。地势越来越高,不一会儿,耕地出现在了眼前,无边无际的田野上,菠萝、山芋、水稻、甘蔗、棉花生机勃勃地伸展着腰肢。这时候,人们才发现这里足够配上这个名字。

巴比康看到越来越高的地势,心里非常满意。他对伙伴们说:"亲爱的朋友们,如果能把我们的大炮建在这片高地上,简直再好不过了!"

"难道是为了离月亮更近一些吗?"梅斯顿问道。

"不,"巴比康笑了笑,"离月亮近一点儿远一点儿并不重要,我们在高地上工作会省去许多麻烦,比如最重要的排水问题,这样我们就不用再去花钱买那又贵又长的排水管道了。"

"说得对,我想我们很快就会找到一个合适的地方了!"厂长默奇森说道。

"哦!我真希望能挖第一下!"巴比康高兴地说。

"我希望能挖最后一下!"梅斯顿大声说道。

上午10点左右,这群人已经走了12英里,穿过肥沃的平原后,他们又来到了森林地带,这儿散发着赤道独有的芬芳。在这里,人们几乎无法穿行,石榴树、橘树、柠檬树、无花果树、橄榄树、杏树、香蕉树还有根茎粗壮的葡萄藤茂密丛生,它们的花朵争奇斗艳地开放着,散发出一阵阵醉人的香气。鸟儿在树荫下飞来飞去,羽毛明亮,五颜六色,发出一阵阵美妙婉转的啼叫声。

梅斯顿和艾尔菲置身于美好的大自然中,心中充满了喜悦。而巴比康对眼前的美景似乎并不感兴趣,他好像不太喜欢这片肥沃的土地,因为这里有地下水,而他在寻找着干旱的迹

第四章
热火朝天的准备

象。

巴比康急急地向前走着，一行人跟在他的身后，这里遍布着一条条小溪，可想要蹚过去也不是那么容易，因为小溪里有一种身长15—18英尺的巨型鳄鱼。梅斯顿倒是十分勇敢，不停地用铁钩子威胁着它们，却只吓跑了几只鹈鹕和野鸭。

最终，大家离开了茂密的森林，眼前出现的是几棵稀稀拉拉的小树，几丛灌木孤零零地矗立在辽阔的平原上。

"终于到了！"巴比康喊了一声，"这里就是松树地带了！"

"是的，可是这里也是野人出没的地方。"艾尔菲回应道。

话音刚落，地平线上果然出现了几个塞米诺尔人。他们气势汹汹地骑着快马来回飞奔，有的挥舞着长矛，有的还用土枪来回射击。不过，这些充满敌意的威胁并没有让巴比康和他的同伴们感到不安。

最后，他们来到了一片山石林立的高地中央，这里的地势很高，太阳把这里烤得火辣辣的。看起来，这里是一个铸造大炮的好地方。

"停！"巴比康勒住马，"这个地方叫什么？"

"乱石岗。"一名骑手回答道。

巴比康听完后，立刻翻身下了马，拿出仪器开始仔细地标注他所在的位置。一小队人马渐渐围了过来，鸦雀无声地看着他的一举一动。

没过多久，巴比康就记录下了他所观察到的结果。接着他说道："这里位于N27°7′，W5°7′，海拔1800英尺。这里土质干燥，岩石较多，具备了我们实验需要的一切条件。我们将在

这里铸造大炮,这里,"巴比康跺了跺乱石岗的山顶,"将是炮弹飞向月球的地方!"

当天晚上,巴比康四个人返回了坦帕城。默奇森再次登上"唐比科号"回到了新奥尔良,他此行的目的是,召集一些工人,并且把铸造大炮的物资运到坦帕城去。剩下的三个人则留在坦帕城做一些准备工作。

8天之后,"唐比科号"带领着一小队汽船回来了,默奇森顺利地招募了1500名工人。这群人中,有出色的技工、锻造工、矿工、砖窑工人等各行各业的劳动者。还有许多工人甚至把家眷也带来了,看上去就像是一次大规模的移民。

10月31日上午10点,这支工人大军踏上了坦帕城的土地。小城的人口顿时增加了一倍。

刚来到小城的几天,大家都忙着卸汽船运来的机械设备、食物,以及用一块块铁皮做成的"活动房屋"。与此同时,巴比康开始组织工人们修建一条长达15英里的铁路,用于连接乱石岗和坦帕城。

巴比康就像会分身术一样,一会儿出现在这里,一会儿出现在那里。而他的身后,永远都会跟着那个聒噪的梅斯顿。和巴比康在一起,仿佛永远没有过不去的障碍,也没有克服不了的困难,他那颗务实的大脑里总是有用不完的好主意。

到了11月1日,巴比康带着一队工人离开了坦帕城。第二天,那些"铁皮房子"就出现在了乱石岗的脚下,所有的一切都进行得井井有条。

经过细致的勘探后,大家已经了解了土地的性质,挖掘工作定在了11月4日。

那一天,巴比康把所有的工头召集了起来。

第四章
热火朝天的准备

"朋友们,我想你们都知道我为什么把你们召集到这里来。我们的任务就是要掘一口直径60英尺、深900英尺的井。由于这项工程必须在8个月之内完成,所以你们也许会遇到一些困难。但是,我相信你们一定可以完成它,你们是最勇敢的人!"

上午8点,巴比康手握十字镐,在佛罗里达的土地上凿了第一下,从那一刻起,这个伟大的工具就不停地挥舞了起来。工人们分批轮流休息,尽管工程非常艰巨,但是大家还是干得如火如荼。

11月4日,50名工人在乱石岗的山顶,掘出了一个直径为60英尺的圆洞。最开始,十字镐碰到的是厚6英寸的黑土层,比较好挖。接着是半米深的细砂层,这些细砂全都被收集了起来,将来好做大炮内部的模子。砂层下是一层细细的白色黏土。后来,十字镐碰到了坚硬的岩层,凿起来十分困难。挖到这里,坑的深度已经有6英尺半了,于是工人们开始砌井壁。

他们在井底用橡木做了一个类似轮子的大圆盘,用大头螺丝牢牢地钉在一起,圆盘中间留了一个直径与大炮外壁相等的圆洞。护壁的基石就建在这个圆盘上,再用水泥把一块块石头结实地粘在一起。工人们从外围向中央修砌石头,这样就砌出了一口直径21英尺的井。

井壁砌好以后,便开始继续挖掘圆盘以下的岩石,并且用十分结实的支架把圆盘四周支起来。

这项工作要求工人们的技术必须相当熟练,丝毫不能掉以轻心。在挖掘的过程中,有不少工人受伤,可是这些却一点儿也没有影响大家的热情。

一个月过后,井已经挖掘了112英尺。12月,井的深度又增

加了一倍。到了第二年的1月，又增加了一倍。

可是到了2月，井里开始渗出地下水，工人们开始与这些地下水做斗争。他们用水泵将水抽干，然后用混凝土将那个冒水的地方堵上。可是由于泥土的松动，护壁被破坏了一部分，工人们用了三个星期才把它修复好，这个建筑物终于结结实实的了，工程又可以继续了。

自从那次遇到困难之后，接下来的工作都很顺利，再也没有发生妨碍工程进度的事件。6月10日，这口井终于全部砌好了，比巴比康预计的日期还要提前20天。

巴比康和大炮俱乐部的会员们，热烈地祝贺厂长默奇森如此飞速地完成了这项巨大的工程。

就在打井的这8个月中，铸造大炮的工作也在风风火火地进行着。

就在距离井口几百米远的地方，矗立着一圈炼铁炉，一共有1200座，每座直径6英尺，相隔3英尺。所有的炉子连起来，周长能达到两英里。这些炉子全都一模一样，四方形的烟囱整整齐齐地排列着，看起来颇为壮观。

因为要用铸铁来铸造大炮，虽然铸铁的柔韧性和可锻性都是最好的，但是，如果只进行一次熔化，很难让铸铁达到极为纯净的状态。所以还要经过第二次熔化，才能将其中的杂质剔除出去。

因此这些铁矿石运到坦帕城之前，要先把它们在高尔兹普林的炼铁炉里熔炼一次，令它在高温下与碳、硅发生反应，炭化后再变成铸铁。经过这样处理后，才能送到坦帕城去。

他们共需要运送6.8万吨铸铁，可是这么多铸铁如果走铁路的话，运费太高了，甚至超出铸铁本身的成本。所以，工人们

第四章
热火朝天的准备

最终还是决定走水路，把材料用船运过来。

其实，要想同时熔化6.8万吨铸铁，1200座炼铁炉还真不算多。这些炉子全都是按照铸造罗德曼大炮的熔炉式样建造的，正面看是一个梯形，拱顶是椭圆形的。炉膛和烟囱分别在炉子的两端，因此炉内的每一处温度都一样高。

这些炉子由耐火砖砌成，底部是倾斜的，呈25度角，这是为了便于铸铁熔化后能够顺着斜坡流入砂模。到时候1200座炉子里熔化好的铁水就会一起全部流进挖好的深井中。

于是，在砌好井壁的第二天，巴比康就指挥工人们开始建造砂模。他要在深井的中间立起一个直径9英尺、高900英尺的圆柱体。这个圆柱体是用掺了干草的黏土和沙子做成的，恰好能够填满大炮炮膛所占的空间，铁水就会被灌在圆柱与井壁之间，厚度6英尺。为了防止砂模坍塌，工人们把砂模的外圈用铁皮包起来。这样既能保持灌注过程中的稳定，并且灌注结束后这些铁皮将会和铁水熔为一体，不会产生任何影响。

井壁是在7月8日砌好的，所以巴比康决定在第二天开始铸炮。

"这将成为一个值得纪念的节日，我们一定要好好庆祝这个铸炮节！"梅斯顿高兴地说。

"当然了，"巴比康回答道，"不过，这可不能变成一个公众节日！"

"什么？难道你不打算欢迎所有的人吗？"

"梅斯顿，你要知道，铸炮可不是什么简单的工作，过程中充满了危险。所以，我宁愿关起门来把炮铸好，等到炮弹发射的那一天，大家再来庆祝也不迟。"

巴比康的话很有道理，如果参加庆祝的人太多，场面过于

拥挤，一旦铸炮的时候发生了什么意外情况，大家就会来不及躲闪。所以一定要留出充足的空间，除了远道而来的大炮俱乐部代表团之外，谁也不能走进围栏。

代表团里有精神抖擞的贝尔斯、汤姆·亨特、布鲁斯上校、艾尔菲、摩根将军，以及俱乐部的其他几位重要会员。梅斯顿带着他们到处参观，一丝一毫的细节都没有放过，当然还有那1200座高炉。等到他们参观完最后一座炉子时，早已经疲惫不堪了。

第五章 想吃"螃蟹"的人

12点的钟声敲响了,随着一声炮响,只见一道火光闪过,1200个炉槽同时开放,1200条火蛇急速地朝着中央的井口冲去,发出一阵阵可怕的巨响。脚下的大地在震动,炽热的铁水将大团大团的水蒸气抛向天空,一直升到1000码的高空才扩散开来。

铸炮的时间定在了中午12点。前一天晚上,每一座炼铁炉里都装满了铸铁,这些铁块交错着叠放在一起,以便热空气能够自由释放出去。

第二天天一亮,1200座高炉同时向天空中喷射出熊熊的火焰,连大地都在微微颤动。煤炭燃烧冒出浓浓的黑烟,简直要把天都熏黑了。

不一会儿,炉子中间的地方就热得受不了了,发出"隆隆"的轰鸣,巨大的鼓风机在不停地吹着,为炉火提供了充足的氧气。这项工程一定要速战速决才能完成,只要炮声一响,每座炉子内的铁水就要完全流出去。每名工人都牢牢守在自己的岗位上,等待着那一刻的到来。

12点的钟声敲响了,随着一声炮响,只见一道火光闪过,1200个炉槽同时开放,1200条火蛇急速地朝着中央的井口冲去,发出一阵阵可怕的巨响。脚下的大地在震动,炽热的铁水将大团大团的水蒸气抛向天空,一直升到1000码的高空才扩散开来。

如果此时远处正有野人在徘徊的话,一定会以为是一座新火山正在爆发。可它不是!所有这一切可以和火山媲美的炽热火焰,那如雷声一般轰隆贯耳、地动山摇的震颤都是人类自己一手造就的!

铸好的大炮到底是什么样子的呢?每个人的心中都充满了

第五章
想吃"螃蟹"的人

好奇。可是如今已经过去半个月了,大炮还是烟雾缭绕,热气逼人,让人没法靠近看清它的真面目。

"今天都8月10日了!"一大早,梅斯顿就不停地吵吵着,"离12月1日连4个月都不到了!我们还要清理砂模、镗炮筒、装火药呢!都快没有时间了,它竟然还没有冷却!"

大家都想让这位没有耐性的秘书冷静下来,却一点儿用都没有。巴比康一句话都没有说,但是看得出来,他的沉默中压抑着怒火。眼睁睁地看着自己被时间这个"敌人"拦住去路,却又毫无办法,这让人怎么能不生气呢?

不过,情况终于得到了改善。到了8月15日,冒出来的热气已经和之前相比有了不小的变化。又过了几天,地面上只冒出一点点蒸汽了,灼热的地面终于慢慢冷却了下来。

"总算等到这一天了!"巴比康长舒了一口气。

当天,工程就开始继续了:掘砂模。工人手里的十字镐又开始上下翻飞,清理出来的废物被装进一节节车厢,然后被火车拖走。大家干劲十足,到了9月3日,砂模就完全被清理干净了。

接下来就开始镗炮筒。凭着强大的机器,短短几个星期的时间,整个炮膛的内壁就被打磨得锃光瓦亮。

终于,在9月22日,距离巴比康做出报告还不到一年的时间,这门口径精确的巨型大炮,就这么垂直地立在了大地上。现在它随时都可以开炮,就等月亮女神的到来。人们都相信,月亮女神一定不会失约!

梅斯顿简直欣喜若狂,他痴痴地盯着这门900英尺长的大炮,整个人都差点儿掉下去了。

现在大炮已经铸成了,这是不容争辩的事实。得知这个消

息的尼克尔不得不在他的账本上记下一笔2000美元的欠款。

这可把他气坏了，不过，他还有三个赌注，如果能赢上其中两笔，他也不算输得太惨。

从9月23日起，乱石岗的围栏开始对外打开，一个个想要参观大炮的人全都争先恐后地挤过来。

不过，这也为大炮俱乐部带来了财路。人们既然看到了大炮的外观，好奇心就一定会勾着大家想要到大炮的里面去看一看，如果能去大炮的内部走上一趟，那可能就是"世界上最幸福的事"了！

于是，几只悬挂在起重机上的吊篮满足了参观者们的好奇心。但凡下去参观的人都要购买5美元的门票。虽然票价很高，参观的人依然蜂拥而至。这样一来，在实验开始前的两个月，大炮俱乐部仅依靠卖门票就足足赚了50万美元！

第一批参观的人是大炮俱乐部的会员们。参观仪式定在9月25日，一只特别的吊篮将包括巴比康在内的十个人一同放了下去。虽然这时候炮管的底部依然很热，让人闷得有些喘不过气来，可大家还是十分开心。一张放着十副刀叉的桌子，摆放在了大炮的底部，一只电灯把炮筒底部照得如同白昼。无数的美味佳肴从天而降，一道道地摆在他们面前，每个人脸上都挂着由衷的微笑。

宴会特别热闹，人们尽情干杯，开怀畅饮。而激动的梅斯顿早就控制不住自己的情绪了，他开心地手舞足蹈，和众人大喊大叫。

大炮俱乐部的这项伟大工程，基本已经接近尾声了。距离炮弹发射只剩下两个月了，然而这两个月对大家来说，简直是度日如年，等待实在是太煎熬了。

第五章　想吃"螃蟹"的人

不过就在这时，发生了一件最不可思议、最让人难以置信的事。这件事让人们原本就尚未平静的心情再次高涨起来，所有人一下子又陷入了极度狂热之中。

9月30日，从爱尔兰的瓦伦西亚岛的海底电缆传来了一封电报，并送到了巴比康的手中。

主席打开信封读起电报，突然，他一瞬间变得脸色苍白，神情恍惚。

电报上只有简短的几行字：

美国佛罗里达州　坦帕城　巴比康

请以锥形圆柱体炮弹代替球形炮弹。我愿意置身于炮弹之内飞往月球，本人现已乘坐"亚特兰大号"轮船赴美。

米歇尔·阿当

法国　巴黎

9月30日

这个消息不胫而走，现在人人都知道了这件事。巴比康无法再保持沉默，他把留在坦帕城的俱乐部会员们召集起来。在会上，巴比康没有发表任何看法，只是平静地把这封电报读了一遍。

"不可能！"

"这太荒唐了！"

"他在开玩笑吧？"

大家对电报的内容纷纷表示怀疑，感到难以置信。每个人脸上的表情都各不相同，有的人露出嘲讽的微笑，有的人嗤之以鼻，还有的人惊讶地耸了耸肩。只有梅斯顿在那里大声嚷嚷着："这真是个好主意！"

当初巴比康提出要向月球发射一颗炮弹时，没有人会觉得

这是一件不可能完成的事情，因为这完全是弹道学的问题，十分合情合理。可如今，竟然有一个人提出要乘坐这颗炮弹去完成一次根本不可能实现的旅行，这简直是一个天大的笑话！

那么，现在的问题是，真的有这么一个人吗？

巴比康来到了电报局，向利物浦船舶承运商的理事长发了一封电报，询问了以下两个问题：

"亚特兰大号"轮船是什么时候离开欧洲的？船上的乘客中是否有一位叫米歇尔·阿当的法国人？

两个小时后，巴比康收到了回复。回电上说："'亚特兰大号'轮船已于10月2日从利物浦出发，开往坦帕城。船上有一位法国客人，据登记乘客名单上的记载，确实名字为米歇尔·阿当。"

读完这封回信，巴比康的眼睛瞬间变得异常明亮，他紧紧地握着拳头，自言自语："这是真的！真的有这个人！他就要到了，难道他是个疯子吗？"

当晚，巴比康火速给布里杜威尔公司写了一封信，要求对方暂时停止制造炮弹，等待下一步的指令。

而此时，整个美国都陷入了一种激动万分的情绪当中。

10月20日上午，坦帕城的码头上挤满了人。下午6点，"亚特兰大号"轮船在坦帕城抛锚了。

巴比康第一个跳上甲板，用克制不住激动的声音大声地呼唤道："米歇尔·阿当！"

"在这里！"一个人站在船尾高声答道。

巴比康交叉着双臂，默默地用目光打量着这位"亚特兰大号"上的乘客。

这个人40岁左右，个子很高，不过有些驼背。他那火红色

第五章
想吃"螃蟹"的人

的头发随风飘扬,上唇还翘着两撇小胡子,他的眼睛又圆又亮,充满着野性,但是由于近视,目光又有些迷茫,完全就是猫的长相。鼻子坚挺,嘴角上扬,看上去和蔼可亲又充满果敢,他的肌肉发达,步伐坚定,他一定是一个经过生活磨炼的人。

他在人群中急匆匆地来回穿梭着,一会儿打手势,一会儿咬指甲,努力地拨开拥挤的人群,和大家交流着,有些夸张,但是对每个人都非常随和。

他总是显得异常激动,好像心中有永远燃烧不尽的火焰。和巴比康形成了鲜明的对比。他们两个人同样酷爱冒险,无所畏惧,但表现的方式却截然不同。

巴比康出神地望着这个远道而来的法国人,但很快就被群众的欢呼声打断了。群众的反应格外热烈,大家都对米歇尔·阿当的到来展示出内心的热情,不停地和米歇尔握手,差点儿把他的手指握断了,到最后米歇尔不得不躲进了船舱里。巴比康默默地跟着他走了进去。

"你就是巴比康吧?"米歇尔问道,听那口气就像是在和一个多年的老朋友说话。

"是的。"巴比康答道。

"啊!你好,巴比康主席。一切进展得怎么样了?都还顺利吗?"

"这么说,你已经决定好动身了?"巴比康直接问道。

"完全决定了!"

"可是,这件事情你经过深思熟虑了吗?总要有一个实践的方案吧?"巴比康问道。

"当然了!我已经想到了一个绝妙的方法,请允许我谈谈

我的看法，我希望能够当着所有人的面讲一遍，这样以后就不用再费口舌了。如果你愿意，可以把你的朋友们、会员们，全佛罗里达甚至是整个美国的人召集到一起，我准备在明天把我的计划讲给大家听，并且解答他们的所有疑问。你看这样可以吗？"

"好吧。"巴比康思索了片刻，回答道。

说完，巴比康便走出了船舱，将米歇尔的想法告诉了大家。大家当然想要听一听这项不可思议的计划，所以全都双手赞成，发出了热烈的欢呼声。

这样一来，一切困难都排除了。明天大家就可以一睹这位英雄的风采了。

第六章 不和谐的声音

此时的巴比康正沉浸在他的研究工作当中,早就把决斗的事情抛在脑后了,直到米歇尔抓起他的手,他才抬起头。见到来人是米歇尔,巴比康感到十分惊讶,不过马上,他的脸上又充满了高兴的神情。

第二天，太阳慢慢地跳出地平线。巴比康担心群众会向米歇尔提出过分的问题，所以想要限制听众的人数，却没起任何作用，整个会场还是被热情的人们围了个水泄不通。

大会的地点在城郊的一块空地上，由于来的人实在太多了，只有前边三分之一的人能够看得见、听得见，至于后面的人，几乎什么都听不到。可即使这样，大家还是耐心地等待着米歇尔的到来。

下午3点，米歇尔在大炮俱乐部会员的陪同下，走进了会场。他的左右两侧分别是巴比康主席和秘书梅斯顿，此时的米歇尔容光焕发。他走上台，只见整个会场黑压压一片，一双双充满期待的眼睛望着他。可是他看上去一点儿也不慌张，面对群众热烈的呼唤，他十分礼貌地还了一个礼，接着就用一口流利的英语开始了他的演讲。

他的演讲非常精彩，从对月球的分析与太空的情景一直谈到了地球本身，获得了听众的一致肯定，人们都为他热情地鼓掌。正当大家以为这次演讲就要圆满结束时，一个严肃的声音突然传了过来。

"既然我们这位演说家已经尽情地说完了他的幻想，那么现在，我们是不是要回到实际问题上来了呢？"

顿时，所有人的目光一下子就聚集到了这个发言人的身上。只见这个人又瘦又高，留着一撮山羊胡儿，面容坚毅，一

第六章
不和谐的声音

双炯炯有神的眼睛一动不动地盯着台上的米歇尔。面对周围千万个探究的眼神,这个人好像毫不在意,见到自己的问题没有马上得到答复,于是他用清晰的声音又问了一遍。

"我们是来讨论月球的,可不是地球!"

"你说得对,先生,那就让我们来说说月球。"米歇尔说道。

"先生,"陌生人说道,"刚刚你说,月球上有人居住,那么他们是不是不用呼吸呢?毕竟月球上可是一点儿空气都没有的。"

听到这样的话,米歇尔的红头发立刻竖了起来,用同样虎视眈眈的眼神注视着对方。

"请问,是谁说过月球上没有空气呢?"

"科学家说的。"

"是吗?"

"当然!"

"先生,"米歇尔继续说,"我不和你开玩笑,我十分尊敬那些有学问的科学家,可是对于那些不学无术的科学家,我是十分瞧不起的!"

巴比康和他的伙伴们心中十分气愤,这个不识趣的家伙到底是哪里来的?现在他们恨不得把这个想要阻止他们计划的人丢出去!

"有许多证据都可以证明月球上是没有空气的,就算是曾经有过,也早就被地球吸光了。"陌生人继续说。

"我倒是要听听看都有哪些证据。"米歇尔说道。

"当光线穿过空气时,会发生折射,这点你不会不知道吧?可是,当月球遮住星星时,靠近月球边缘的星光,却一点

儿都没有偏离原来的直线,没有发生折射。所以,月球的表面是没有空气的。"

"这就是你的证据吗?"米歇尔回答道,"可是这个证据并不完善,因为你已经把月球的角直径给规定死了,可事实上并不是这样的。况且,月球表面上有许多火山,它们曾经喷发过,那么在火山燃烧时所需要的氧气又是从哪里来的呢?"

"没错。可是火山燃烧或许是靠自己产生的氧气,不能证明就一定有大气层。"

"先生,你可以说月球上的大气层十分稀薄,但是绝对是存在的!"

"就算是这样,山里也绝对不会有空气!"陌生人不服气地反驳了一句。

"山里没有,山谷里也会有的,而且有几百英尺厚。"

"可那里的空气稀薄得可怕!"

"放心吧,先生,不到万不得已我是不会呼吸的!"米歇尔幽默地说。

这时候场上发出了一阵阵笑声,陌生人只能狠狠地回瞪了一下周围的人群。

"先生,"米歇尔平静地说,"现在,我们既然已经对月球上有大气层的看法保持了一致,那么那里也一定会有水的。"

"并且,"米歇尔接着又说,"除此之外,我还要再说一个事实。我们所看到的,只是月球的一面。由于地球的引力,使月球的形状就像一只鸡蛋,而我们看到的只是它很小的一面。根据汉森的计算结果表明,月球的重心在另外那个半球上。因此,我们可以得出结论,从月球形成的那天起,大部分

第六章
不和谐的声音

的水和空气就被它的重心吸引到另外一面去了。"

"简直胡说八道!"陌生人气急败坏地大声喊道。

"不!这完全是力学上的理论。这些理论是很难被推翻的。所以,我希望大会表决,月球上是否也可以有生物生存?"

米歇尔的话立即引起了听众们的赞同,大家都鼓掌表示支持。而反对者还想要说些什么,可是大家早已听不进去他的话了。吼叫声和威胁声不停地向他袭来。

"不要再说了!"

"把他赶出去!"

"够了,快出去吧!"

可是他依然紧紧地抓着台子,倔强地站在那里,等待着这场风暴平息下来。

"你还想说点儿什么吗?"米歇尔做出手势让大家安静下来。

"是的,我还想说一千句、一万句!"陌生人怒气冲冲地回答,"不!我现在只说一句,你如果坚持到月亮上去,你就是个……"

"是个什么?你个鲁莽的家伙!我已经请求我的朋友巴比康造一颗锥形圆柱体的炮弹,这样我就不用在炮弹里打滚了。"

"可是,一开炮你就会被巨大的后坐力挤成肉饼的!"

"亲爱的反对者,你这回总算指出了真正的,也是唯一的困难了。不过我相信以人类的聪明才智,一定会解决这个问题的!"

"那么,食物和水呢?"

"我已经带够了一年的,而事实上我只去四天。"

"炮弹穿过大气层摩擦产生的高温呢?"

"弹壁很厚,况且我很快就会出大气层的。"

"在炮弹里呼吸用的空气呢?"

"我自己用化学手段制造。"

"就算你能到达月球,那你要怎么降落呢?"

"月球表面的重力是地球上的六分之一,在那里降落会安全得多。"

"即使是那样,你也会被摔得粉身碎骨的!"

"在必要的时候,我会用事先装置好的火箭,减低下降的速度。"

"好吧,就算是你克服了所有的困难,安然无恙地到达了月球,可是你要怎么回来呢?"

"我不回来了!"

听了这句无比豪迈的回答,会场上顿时鸦雀无声。陌生人趁着这短暂的沉静做出最后的反击。

"是吗?那你就等着在那里完蛋吧!"他大声地说,"这对科学毫无贡献!"

"这就不用你费心了!"

"是啊,需要对你行为负责的是另一个人!"

"请问他是谁?"米歇尔用命令的口气问道。

"就是那个进行这次无比荒谬、绝不可能成功的实验的白痴!"

这是对巴比康赤裸裸的攻击。从这个陌生人说话开始,巴比康就竭力地控制着自己的情绪,可是如今他竟然如此直接地侮辱自己,巴比康再也坐不住了,他猛地站了起来,想要向那个可恶的反对者走去。

可是这时候,众人竟然一下子把平台举了起来,开始进行热闹的庆祝游行。巴比康离那个陌生人越来越远。

不过,那个人并没有趁乱离开,而是抱着肩膀,在人群中狠狠地瞪着巴比康,巴比康也一直盯着他,两个人的目光就像两把寒光凛凛的利剑,在空中交汇在一起。

巴比康从游行的人群中抽出身来,笔直地朝那个陌生人走去。

"你跟我来!"巴比康简短地说。

对方跟着他朝码头走去。不一会儿,他们来到琼斯瀑布码头。此时,只剩下了这两个互不相识的人,互相怒目而视。

"你是谁?"巴比康问道。

"尼克尔船长!"

"果然是你。之前还没有机会碰上过你!"

"我就是为此而来!"

"你刚刚侮辱了我!"

"那又怎么样?"

"你要向我道歉!"

"不!你敢接受我的挑战吗?"

"奉陪到底!"

"那好,离坦帕城3英里的地方,有一个名叫斯科斯诺的小树林。明早5点,我将从树林的一头进去,你有胆量从另一头进来找我吗?"

"可以!请别忘记带上你的步枪!"巴比康说道。

"哼!你也一样!"尼克尔说。

巴比康和尼克尔冷冷地沟通之后,回到自己的住处,他并

没有为了明天的决斗而好好地休息一晚。相反,巴比康整个晚上都在研究减小炮弹后坐力的方法,来解决米歇尔在今天大会上所提出的难题。

当主席和船长在码头上约定决斗之事时,米歇尔正躺在床上休息,他需要缓解一下游行的疲劳。可是美国的床板实在是太硬了,米歇尔在被子里辗转反侧,怎么也睡不踏实。

直到天快亮了,米歇尔才好不容易有了一丝困意,正当他考虑明天要不要换一张更加舒适的床时,一阵急促的敲门声彻底把他睡觉的美梦给打扰了。

"开门!"门外有人大声喊道,"看在老天爷的面子上,快点儿开门吧!"

米歇尔一点儿也不想动,可是眼看着门都快被敲碎了,没有办法,他只好下床去开门。

门刚被打开,来人就一下子冲了进来,原来是梅斯顿。

"出大事啦!"一进门,梅斯顿就大声地叫道。

接着,梅斯顿把巴比康要和尼克尔决斗的事儿告诉了米歇尔,想要请他阻止这场灾难。

米歇尔听后一下子就清醒了过来,立刻和梅斯顿一起向郊外奔去。

在路上,梅斯顿把事情的前因后果向米歇尔解释了一遍,还包括巴比康和尼克尔之间不和的原因。

要知道,美国人之间的决斗是非常可怕的。他们将会像两只野兽一样,在树林里相互搜寻,向对方发起攻击。如果巴比康被打死了,那他们的计划也就彻底泡汤了!

米歇尔和梅斯顿飞快地跑着,他们穿过沾满露水的草地,蹚过小溪和稻田,一直抄着近道,可还是在5点半才赶到了小树

第六章
不和谐的声音

林里。

"我们来晚了!"梅斯顿急得直喊,"他们已经进去半个小时了!"

"你听到枪声了吗?"米歇尔问道。

"没有。"

"一声也没有?"

"没有。"

"看来,他们还没有相遇,我们要快点儿找到他们!"

很快,两个人就消失在了树林中。他们一前一后地仔细寻找,一路心惊肉跳地走着,生怕什么时候就听到那可怕的枪声。

找了整整一个小时,两个人毫无结果。他们大声呼唤着巴比康和尼克尔的名字,可是回答他们的只有自己的回声。

又搜寻了一个小时,这时候他们已经转了大半个树林了,却还是没有半点儿两个人的痕迹。正当米歇尔想要放弃这种徒劳的搜索时,梅斯顿突然停住了。

"那边有个人!"梅斯顿指着不远处的一道身影。

"是尼克尔!"米歇尔一下子认了出来,"他怎么一动不动,手里也没有拿枪啊?"

"我们过去,看看是怎么回事。"

两个人刚刚走了50步就停了下来,他们仔细观察起尼克尔。他们本以为看到的是一个正在复仇的吸血鬼,可是在完全看清楚对方之后,两个人全都愣住了。

只见两棵高大的百合树之间结了一张大大的蜘蛛网,一只小鸟正被困在上面,发出可怜的啼叫声。一只巨大的毒蜘蛛正在一旁虎视眈眈地看着,它之所以没扑上去,是因为尼克尔的

阻止。

尼克尔把枪扔在了地上,全神贯注地解救那只小鸟。他把鸟儿从网上摘了下来,小鸟欢喜地飞走了。

尼克尔目光慈祥地看着鸟儿飞走,这时身后突然传来了说话声:"您是个善良的人!"

尼克尔转过身来,发现米歇尔来到了他的身边。"你怎么在这里?"

"我是来找你的,因为我不想看到你干掉巴比康,或者巴比康干掉你。"

"巴比康?"尼克尔大声喊道,"我都找了他两个小时了!"

"如果巴比康还活着,我们就一定会找到他的。只要他不是和你一样在解救被困的小鸟,就也一定在找你。可是我要告诉你,等我们找到他,你们就不要再决斗了!"

"我和巴比康,"尼克尔严肃地说,"不是他死就是我亡,我们……"

"算了,算了!"米歇尔打断了船长的话,"像你们这样正直的人还打什么打?"

"不行!一定要决斗!"

米歇尔没有再说话,其实他心里有更好的解决办法,不过这些要等着找到巴比康之后才能说。

三个人上路了,尼克尔把子弹卸了下来,扛着枪默默走在后面。过了半个小时,梅斯顿有了发现。在离他们20步远的地方,一个人正靠在一棵大树旁。

这正是他们的巴比康主席。米歇尔走上前去,却看到巴比康不停地在一个本子上写着公式,枪也扔在了一旁。

第六章
不和谐的声音

此时的巴比康正沉浸在他的研究工作当中，早就把决斗的事情抛在脑后了，直到米歇尔抓起他的手，他才抬起头。见到来人是米歇尔，巴比康感到十分惊讶，不过马上，他的脸上又充满了高兴的神情。

"是你呀！我正要和你说，有办法了！我有解决的办法啦！"

"什么办法？"

"水！用水当弹簧就可以减小大炮的后坐力了！"

"哦！梅斯顿，你也来啦？啊！尼克尔船长！"

巴比康总算看到了尼克尔，他立刻站了起来："对不起，我刚刚忘记了，现在我已经准备好了！"

米歇尔怎么能让这两个人决斗呢，他马上说道："感谢上天！没有让你们两个人相遇。你看看，你们两个人一个能够为了解救小鸟而扔掉步枪，一个能因为工作而忘掉决斗，这就说明，其实你们之间也没有什么深仇大恨嘛！"

接着米歇尔就把刚刚遇到船长的情景向巴比康形容了一遍。

"难道，"米歇尔最后说道，"像你们这么好的人来到这个世上，就是为了用步枪来决斗吗？"

这时的情况一下子变得很微妙，这是两个人事先没有预料到的，巴比康和尼克尔一时间都不知道说些什么。

米歇尔看到这种情况，知道时机来了，于是他露出真诚的微笑："朋友们，你们之间其实就是一点儿小误会。既然你们都愿意拿生命去冒险，那么可不可以接受我的一个小建议呢？"

"什么建议？"

"你认为你的炮弹一定会顺利抵达月球?"米歇尔问巴比康。

"当然!"巴比康回答。

"而你坚信炮弹一定会坠毁,是吗?"米歇尔又问尼克尔。

"对,我坚信!"尼克尔大声说道。

"那好!"米歇尔接着说,"我知道你们的意见无法达成一致,那么就请和我一起前往月球吧!看一看到底是会成功,还是会失败。"

"啊?"梅斯顿蒙了。

主席和船长听到了这个意外的提议后,都紧紧地盯着对方,在等着对方的反应。

"怎么样?"米歇尔问道。

"我同意!""我赞成!"两个人几乎同时开口。

"啊!那真是太好了!"米歇尔向两个人伸出双手,"现在一切问题都解决了。朋友们,我们一起去吃饭吧!"

第七章 最后的准备

只听炮弹"嗖"的一声,在天空中划出了一道弧线,大约飞到1000英尺的高空时,开始下降,最终落到了不远处的海面上。

一只小船立刻朝着炮弹落水的方向划去,潜水员跳入海中,将炮弹用绳子固定好,然后把它用力拉了上来,整个过程才用了不到5分钟。

三个人准备一起乘坐炮弹登月的消息很快就传遍了整个美国。米歇尔·阿当的名声变得更响了。从那天开始，米歇尔就没有一刻能闲下来，各个地方派出的代表团每天都把他团团围住。米歇尔早已记不清自己握了多少双手，进行了多少次演讲，累得他口干舌燥。

米歇尔红遍整个美国之后，他遇到了名人经历过的所有的烦恼。他的照片被印出来，刊登在大大小小的报纸杂志上。

不过，米歇尔并不讨厌这种名气，他顺应了民意，与世界各地的人保持通信，所有人都很崇拜他。

当米歇尔从这些喧闹中抽身时，他便迫不及待地在朋友的陪同下去看大炮了，在他心里，这可比其他的事情重要多了。

说到这儿，有必要谈一件关于梅斯顿的事情。早在巴比康和尼克尔接受了米歇尔的建议后，梅斯顿就决心要加入他们的行列，想要组建一个四人登月探险队。

一天，梅斯顿向巴比康提出了这个想法，可是巴比康却拒绝了他，因为大炮里装不下这么多人。梅斯顿并不死心，又去找米歇尔。但是米歇尔同样劝他放弃这个念头，并且说出了最重要的理由。

"朋友，"米歇尔说，"我没有别的意思，可是说真的，你有残疾，是不能到月球上去的。"

"残疾？"梅斯顿气得大叫起来。

第七章
最后的准备

"是的。你好好想一想,如果我们在月球上遇到了那里的居民,你愿意让他们对地球产生不好的印象吗?让他们了解什么是战争,看到我们地球上的人类互相争斗?我看还是算了吧!不然,他们会对我们下逐客令的。"

"可是,"梅斯顿反驳道,"要是你们到了那儿也被摔得少了些什么的话,到时候不就和我一样了吗?"

"放心吧,我们不会让这种事情发生的!"米歇尔回答道。

确实,当10月8日进行过一次试射之后,人们更有理由相信此次探险会成功了。由于巴比康急于想要了解大炮后坐力的改良情况,所以就派人从彭萨科拉的兵工厂运来了一门口径32英寸的迫击炮,并且下令把大炮架在了希尔斯巴勒海湾的海岸上,这样一来,炮弹就会落在海里,能够减少降落时的冲击力。

他们为这次试验准备了一颗空心炮弹,在炮弹的内壁上安装了一层用优质钢制造的弹簧网,还在上面铺了一层厚厚的垫子。此次试验的特别之处在于,他们在炮弹里面放了一只大猫和一只小松鼠,因为这样可以检验一下小动物在炮弹里面的反应。那只小松鼠是梅斯顿强烈要求放进去的,是他自己养的宠物,也许是用来弥补自己不能亲自感受的遗憾吧。

在大炮里面装好了火药之后,炮弹便发射了出去。只听炮弹"嗖"的一声,在天空中划出了一道弧线,大约飞到1000英尺的高空时,开始下降,最终落到了不远处的海面上。

一只小船立刻朝着炮弹落水的方向划去,潜水员跳入海中,将炮弹用绳子固定好,然后把它用力拉了上来,整个过程才用了不到5分钟。

试验进行的过程中，巴比康、梅斯顿、米歇尔和尼克尔全都在岸上焦急地等待着实验的结果。人们把炮弹的盖子旋开，大猫就立刻跳了出来，除了受了一些皮外伤，其他一点儿问题都没有，依旧生龙活虎。只是那只松鼠却不见了踪影。

原来，那只大猫把小松鼠吃掉了。梅斯顿失去了自己心爱的宠物，心里十分悲伤。所以，他执意把这只为试验牺牲的小家伙儿写进了科学殉难者的名册中。

不管怎么样，经过这次试验，大家心中所有的顾虑全都打消了。而且巴比康又将设计改造得更加完美了，几乎可以完全消除大炮后坐力的影响。如今万事俱备，只差发射了！

试验后的第二天，米歇尔就收到了来自美国总统的信，米歇尔收到来信后显得十分激动。

原来，总统在信中说决定授予米歇尔"美利坚合众国公民"的称号，这可是莫大的荣誉。从此，美国又增加了一位伟大的公民。

既然巴比康已经接受了米歇尔的计划，那么接下来，就要对炮弹的设计方案做出修改。

很快，布里杜威尔公司便收到了一份全新的图纸。11月2日，全新的炮弹制作成功，并且立即从东方铁路公司发货。11月10日顺利送达了乱石岗。巴比康等四个人怀着激动的心情，焦急地等待着它的到来。

阳光下，这颗珍贵的炮弹被照得闪闪发光。巴比康对这件伟大的作品非常满意，炮弹到达目的地后，巴比康便把之前想好的那套减轻大炮后坐力的设备，安装到了炮弹上。

首先，他将炮弹里灌入3英尺深的水，然后在水面上放置了一个圆形的木板，木板的边缘紧紧地贴着弹壁，不会透水，还

第七章
最后的准备

可以上下滑动,这个板子就是乘客的座位。水被一层层横放的木板隔开,在炮弹启动时,大炮的后坐力就会把这些木板一个接一个地撞破。从上到下依次安装了一根根排水管,通到炮弹顶端,方便把水排出,减轻炮弹的重量。这样一来,这些装置就起到了像弹簧一样的缓冲作用。这就是巴比康用来减轻后坐力的办法。

炮弹的外部直径9英尺,高15英尺。为了不超过原先确定的重量,他们把弹壁做得更薄了,增加了炮弹底部的厚度,可以更好地承受燃烧时来自底部气体的压力。

炮弹的形状按照米歇尔的建议,改成了锥形圆柱体。它的出入口设在了圆锥的顶部,在上面开了一个小洞,和蒸汽锅炉上面的洞口一样大。洞门是用铝板做成的,在内部用翼形螺钉牢牢地固定在一起。这样,等大家到了月球上之后,就可以自由地进出了。

当然了,整整四天的路程,如果就在黑漆漆的炮弹里面坐着,那多无聊啊!为什么不沿途看一下风景呢?所以,他们还在炮弹上安装了舷窗,上面镶嵌着厚厚的透镜。其中四个安装在中间的一圈,还有两个,一个在尖顶,另一个在炮弹的弹底。所以乘客们一路上既可以欣赏周围美丽灿烂的星空,还可以同时观察上方的月亮和下面的地球。

炮弹里还结实地安装了几只容器,里面放着必需的水和食物。还有一个特制的煤气箱,可以在需要的时候拧开开关,大家就可以用这些煤气得到足足6天的照明和温暖。

现在粮食和照明的问题都解决了,剩下的就是空气问题了。显然,炮弹里面的空气完全不够他们三个人呼吸。

我们知道,空气中含有21%的氧气和78%的氮气。人们在

呼吸时，会吸入5%的氧气，同时释放出差不多相同体积的二氧化碳，这种气体对人体是有害的。所以现在要做的，一是制造氧气，二是消除二氧化碳。所以巴比康他们决定利用氯酸钾和苛性钾。

氯酸钾在加热到400摄氏度时，就会释放出氧气，变成氯化钾。18磅的氯酸钾可以释放出7磅氧气，这些足够大家呼吸24个小时了。

而苛性钾对空气中的二氧化碳吸收力特别强，只要把它晃动一下，它就会把碳酸吸收进去，这用来消除二氧化碳再好不过了。

因此，只要把这两种办法结合起来，就能解决空气的问题。不过，这种方法虽然已经得到了化学家的证实，但到底适不适应用于人类，还无从得知。

这时候，我们亲爱的秘书梅斯顿自告奋勇地站了出来，坚决请求亲身进行一次实验。

"既然你们不让我去，至少也要让我在炮弹里待上几天吧！"梅斯顿大声说。

大家顺从了梅斯顿的心愿。于是，他们为他准备了足够8天的食物、水，还有氯酸钾和苛性钾。11月12日早上6点，梅斯顿和大家一一握手告别，就爬进炮弹里面去了。

整整八天，大家都为他们的朋友捏了一把汗，由于弹壁实在太厚了，外面听不到一点儿声音，也不知道梅斯顿在里面怎么样了。终于，在11月20日下午6点整，舱门打开了，只听耳边传来一声欢快的"哇"，梅斯顿就昂首挺胸地出现了在了舱门口。大家悬着的心终于落地了！

去年巴比康动身来坦帕城前，曾经拨给剑桥天文台一部分

资金，用来制造一架巨大的光学仪器。无论是折射式望远镜，还是反射式望远镜，只要能够看清月球上直径不小于9英尺的物体就可以。

而折射式望远镜和反射式望远镜的区别在哪里呢？

折射式望远镜有一个长长的镜筒，镜筒的上下两端都安装着一块透镜，上面的是物镜，下面的是目镜。物体透过上面的物镜，经过折射，在焦点上形成一个倒像，而目镜就像一个放大镜，观察者通过下端的目镜望向这个物像，就像是用放大镜观察物体一样。也就是说，折射式望远镜的镜筒两端是被透镜封住的。

与折射式望远镜不同，反射式望远镜的镜筒上端是空着的。物体的光线不受阻碍地进入镜筒内，直接射到凹透镜面上，用来聚集光线。聚光镜再把它反射到另一面小镜子上，小镜子再把它反射到下端的目镜上进行放大。

因为两种望远镜分别利用了光的折射作用和反射作用，所以一个叫作折射式望远镜，一个叫作反射式望远镜。

可是这些仪器只能把物体放大6000倍左右，而想要达到巴比康的要求，就要把放大镜的倍数提高到48000倍才可以。这就是剑桥天文台所遇到的困难。

他们要在两种望远镜中选择一种。理论上来说，折射式望远镜的优势是高于反射式望远镜的，因为在同样尺寸的情况下，它能够放大更多的倍数。可是，折射式望远镜是利用折射的原理来放大物体，那么光线就必须通过凸透镜才可以。然而想要造出倍数极高的望远镜，凸透镜的体积会非常大，透镜一旦过厚，光线就透不过来了，也就没办法放大物体。所以，这需要特别高的技术，难度极大，哪怕做成了，也需要几年的时

间。

所以,最终天文台还是选择了制造速度更快,同时也可以提高倍数的反射式望远镜。但是在穿过大气层时,光线会损失很大一部分,为保证放大的效果,大炮俱乐部决定把望远镜架在美国最高的落基山上,这样可以降低大气层的厚度。

在反射式望远镜中,起到放大作用的是目镜,但是决定物体放大倍数的却是物镜。物镜的直径越大,焦距越长,对物体的放大倍数也就越大。所以,望远镜物镜的尺寸会非常大。难就难在这里,因为制造这种透镜是一项非常精密的工作。

聪明的天文学家们参考了之前一位名叫利昂·傅科的科学家发明的方法。用镀银的玻璃镜代替金属镜。这样大大降低了制造物镜的难度。另外,他们还采纳了赫谢尔的组装方法。将反光镜倾斜放入镜筒的底部,这样物像就会直接反射到另外一端的目镜上,省去了中间的那块小镜子。物像只经过一道反射,损失的光线就会更少,观察到的物体也就会更加清晰、明亮。

望远镜制作成了,接下来还要把它架到高高的落基山上,这可不是一件容易的事。工程师们克服了种种困难,运用精湛的技术、无比的勇气和顽强的意志力完成了这项伟大的任务。9月下旬,这架长达280英尺的望远镜就伸到了天空中。

这架望远镜的造价超过了40万美元。当它第一次对准月球时,人们的心情都激动极了,每个人都充满了好奇。月球上会有什么呢?会不会也和地球上一样,有房屋、居民和动物?可是结果什么也没有!还是和之前科学家了解到的一样。

不过,这架望远镜在大炮俱乐部使用之前为天文学做出了重大贡献,测量了许多恒星的直径。这是之前所有的望远镜都

第七章
最后的准备

做不到的。

11月22日,距离发射的日子还有9天。此时,离完全准备就绪,就只剩下最后一项工作了。这是一项十分细致和危险的任务,需要万分小心。那就是往大炮里填火棉。

巴比康挑选了一批最优秀的工人,并且每天严密地监视着他们干活儿,利用一切谨慎的预防措施,不让事情发生一点儿意外。

火棉不能一下子全都运过来,不然一旦着火,就连挽回的余地都没有了。所以,他命人把火棉用密封的箱子分别装起来,然后再一部分一部分地往里运。另外,为了防止太阳将火棉引燃,所有的工人都在晚上干活儿,并且方圆两英里的范围内不能有一点儿火星。

11月28日,所有的火棉箱全都整整齐齐地摆放在了大炮的底部,这项工作顺利地圆满完成了!

整个过程中,巴比康真的是操碎了心。每天都有好奇的围观群众爬过栅栏,有的甚至在火棉箱中间抽起了烟,这可把巴比康气坏了。梅斯顿尽力帮助他驱赶这些危险分子,好在上天保佑,这些火棉一直安然无恙。

当然了,以巴比康的细心,一定还要带上一些工具。有几支温度计、气压计和几副望远镜,还有比尔和莫雷德制作的月理图,用来研究月球。他们还带了一些武器弹药、十字镐、锯子和一些应对各种气候的衣物,东西带得很齐全。

有趣的是,米歇尔想要带上一队动物出征,但可想而知,巴比康是不会同意的。后来在米歇尔与巴比康的再三争论下,还是决定带上尼克尔的猎狗和一只强壮的纽芬兰狗。

最重要的粮食问题当然不会被忽视,巴比康带够了一年的

食物——被液压机压缩到很小体积的肉和蔬菜。当然还有白兰地和饮用水。

炮弹早就准备好了，现在只需要把这些东西放到大炮里面去。这也是一项难度又大又危险的工作。

巨大的弹壳被运送到了乱石岗上，一架起重机把它高高地吊了起来，悬在炮口处。

人们的心也悬到了嗓子眼儿，生怕吊车那细细的链子一个不小心断掉，炮弹直接砸进去，那可就糟了，火棉一定会"呼"地一下着起来。

不过，人们的担心是多余的。几个小时后，炮弹被一点儿一点儿地轻轻放入炮筒中，稳稳地坐到了厚厚的火棉床上。

第八章 冲向月球

一道火光从地壳深处直冲云霄，大地猛烈地震颤了一下，在那一瞬间，只有为数不多的几个人，看到了炮弹从浓烟烈火的包围中冲破了天际。

当那道白光带着火焰冲上高空时，整个佛罗里达都被耀眼的火光照亮了，刹那间，黑夜变成了白昼，就连100英里外的海面都能看得清清楚楚。

尼克尔拿出了3000美元,交给巴比康。巴比康并不愿意接受伙伴的钱,在尼克尔的一再坚持下,巴比康只好收下了。

"嘿!勇敢的船长,"米歇尔插话说,"我还有一个心愿。"

"什么心愿?"尼克尔问道。

"我希望你的另外两个赌注也输掉,这样我们就不用在旅途中停下来了!"米歇尔笑着说。

12月1日这天终于到了!成败就会在今天揭晓!如果炮弹不能在当天晚上10点46分40秒发射出去的话,就要再等上18年了。

大家全都期盼着这一天的到来,许多人都在前一天晚上失眠了。每个人的心都激动得怦怦直跳。

不过米歇尔是个例外,他依旧像平常一样忙忙碌碌,看上去丝毫没有受到什么影响。

天一亮,乱石岗周围的草地上便挤满了人,一眼望不到头。而且每隔15分钟,火车还会送来一批前来观看的群众。

据统计,就在12月1日,来佛罗里达州的群众竟然达到了500万人!

早在一个月之前,很多人就已经在这里安营扎寨了。各个国家、各个阶层、各种职业的人全都混在一起,互相称兄道弟。到了吃饭的时候,小贩的吆喝声、人们的吵闹声、酒杯的

第八章
冲向月球

碰撞声交织在一起,格外热闹。

但是,到了12月1日这天,这些热闹的声音一下子全都消失了,人们甚至连午饭都没有吃,就翘首企盼着炮弹发射的那一刻的到来。

晚上7点时,月亮从天边缓缓地升起,它没有失约!人们一下子就沸腾了,发出阵阵欢呼。

这时,三位勇敢的冒险家出现在人们的视野中,欢呼声瞬间变得更响了。

跟随他们一起到来的,还有大炮俱乐部的会员们,以及欧洲各个天文台派出的代表团。

巴比康沉着冷静,正有条不紊地指挥着什么。尼克尔双唇紧闭,两只手背在身后,步伐坚定地向前走着。米歇尔还是一如往常,一身宽松肥大的棉袄,一脸的兴致勃勃,一路上有说有笑。

10点钟的钟声敲响了,现在,他们三个人就要进到炮弹里面去了。巴比康和默奇森工程师对了一下手表的时间,分手的时刻就要来临。

尽管米歇尔平时看上去总是没心没肺的样子,此刻也是感慨万分。梅斯顿也从他那干枯的双眼中落下了一滴多年没见的泪水,也许就是为了今天吧!梅斯顿深情地把泪一甩,正好洒在巴比康的额头上。

"真的不能让我一起上去吗?"梅斯顿真诚地问道,"现在还来得及!"

"很抱歉,老伙计。"巴比康还是坚持着他的原则。

接着,三个人就爬进了炮弹,在里面安顿了下来。舱门也被紧紧地旋了起来,炮口上方的障碍物此时已经完全被清除,

没有了任何障碍，直指天空。

全场的人都屏住了呼吸，空气似乎都在这一刻凝固了。一想到此时炮弹里的三个人也同样在紧张地数着时间，所有人的心里都顶着巨大的压力，眼睛都死死地盯着大炮的炮口。

工程师默奇森的眼睛则粘在了手表的表针上。此时距离发射的时间还有40秒，每一秒都过得像一个世纪那么漫长。

突然，几个声音不约而同地响起："5！4！3！2！1！"

"点火！"

默奇森的手指猛地按下了电钮，火花一闪，电流传到了大炮底部。紧接着，便传来一阵惊天动地的巨响，这个世界上的其他任何一种声音都没有办法和它相比，声音实在是太大了！大得让人感到恐惧。

一道火光从地壳深处直冲云霄，大地猛烈地震颤了一下，在那一瞬间，只有为数不多的几个人，看到了炮弹从浓烟烈火的包围中冲破了天际。

当那道白光带着火焰冲上高空时，整个佛罗里达都被耀眼的火光照亮了，刹那间，黑夜变成了白昼，就连100英里外的海面都能看得清清楚楚。许多船长都在他们的航海日记中记载了这一奇特的现象。

伴随炮声而来的，便是一阵强烈的地震，整个佛罗里达州都在颤动。在高温下迅速膨胀的气体，形成巨大的气浪，以排山倒海之势猛地将大气层推开。

前来观看发射的人们没有一个是站着的，男女老少全都像麦穗一样被风推倒在地上。接着就是一阵阵此起彼伏的呻吟声，许多人都被这次爆炸震成了重伤。

而梅斯顿当时不管不顾地一定要站在人群的最前面，在大

第八章
冲向月球

炮发射后,他直接就被扔出了120英尺,从人群的头顶高高飞过。

有30万人很长一段时间里什么也听不见,其中有不少直接被震聋了,浑身麻木,失去了知觉。

强大的气流推倒了木屋、板房,将方圆20英里的树木全部连根拔起,铁路上的火车被掀翻在路上,爆炸声像雪崩一样席卷整个城市。

强大的气流还摧毁了100多座房屋,其中包括圣玛丽教堂。港口停泊的小船互相撞击在一起,有些直接沉入了海底,其他船只则像挣断了线的风筝,扯断了锚链,朝着海岸冲去。

可怕的破坏力不光席卷了整个美国,还波及了距离美国300英里的大西洋海面。海军们没有预料到这场人造的飓风,他们的军舰一下子损毁了好几条,引来一阵咒骂声。

一阵混乱之后,人们慢慢缓了过来,清醒过来的人无论是受伤的,还是震聋的,全都站起来疯狂地高呼:"巴比康,万岁!米歇尔,万岁!尼克尔,万岁!"喊声震天,一时间大家仿佛忘记了伤痛。

可是这时候,原本非常晴朗的天气突然发生了变化,片片阴云遮住了天空。

原来,巨大的爆炸严重扰乱了大气层,再加上40万磅火棉燃烧产生的烟雾,令天气出现了变化,大自然的秩序被打乱了。

第二天,虽然太阳在一片阴霾中升了起来,可是,满天的阴云密布却丝毫没有得到改善,就像是在天上隔了一层厚厚的帘子。

更糟的是,它还把整个落基山脉全都笼罩了。可是没有办

法,既然是人类打破了大气层的秩序,就应该来承受这一切。

如果这次试验成功了,那么他们三个人将会在5日的凌晨到达目的地。现在距离那个时候还有一段时间,所以人们还能耐着性子等下去。更何况想要在这种恶劣的天气下观测到像炮弹那么小的物体,也是不可能的。

但一直到6日,天气没有任何好转。到了7日,似乎有了一丝放晴的迹象,可是到了晚上,浓密的乌云又重新把天空遮盖了起来,把人们的希望打破了。

梅斯顿实在着急得不得了,立刻动身去了落基山。他要亲自去进行观测,他坚信他的朋友们一定已经到达了月球。

接连几天,太阳好像在成心和人们开玩笑一样,总是短暂地出现一会儿,但转眼间又消失不见了。直到10日,依然没有什么变化,梅斯顿简直要憋疯了!

终于,到了11日,一场热带的暴风雨突然袭来,强劲的东风将长时间盘踞在空中的乌云一吹而散。久久没有露面的月亮,此时终于出现在了人们的眼前,虽然它只露了半边脸,可是依然让人感到十分庄严。

当天晚上,人们焦急等待了多日的消息,终于传来了。可是,这个消息却像是一颗沉重的石头,重重地压在了人们的心上。

下面就是剑桥天文台台长写来的报告,对大炮俱乐部这次伟大的实验,做出了科学性的结论。

致落基山　12月12日　剑桥天文台电

各位朋友:

贝尔法斯特台长和梅斯顿秘书两位先生已于12月12日晚上8时47分,看到了那颗从乱石岗发射的炮弹。

第八章
冲向月球

不过，炮弹并没有到达预定的目的地。它从距离月球很近的地方经过，但是它仍然在靠近月球的引力作用范围内飞行。

即，此时炮弹不再是直线运动，而是变成了以极快速度飞行的圆周运动，它现在正在沿着一个椭圆形的轨道绕着月球飞行。在一定的意义上，它已经成了一颗月球卫星。

我们现在还不能确定这颗新星的性质，也不知道它的飞行速度，只知道它现在与月球的距离约为2833英里。

不过，对于这颗新星的未来状况，我们做出了以下两个假设：

一、月球的引力最终将它吸过去，这样三位探险家可以成功到达目的地；

二、它将被固定在那个永不变更的轨道上，环绕月球运行，直到世界末日为止。

关于这个问题，我天文台会根据观测到的结果得出最终的结论。但是就目前的情况而言，大炮俱乐部的实验，除了为我们提供了一颗新星之外，暂时还没有其他任何的成绩。

贝尔法斯特

这真是让人意想不到的结局！这该引发多少科学问题啊！未来到底还有多少奥秘等待着科学家们去探索呢？

无论怎样，巴比康、尼克尔和米歇尔的名字将会在天文学的史册中永存。哪怕他们最终没有到达目的地，可他们也已经成了月球的一部分，将会用人类的眼睛，关注月球的一举一动，他们的勇敢值得全人类尊敬！

自从观测结果公之于众之后，大家都感到十分震惊和恐惧。没有人能够帮助到这三个勇敢的人，因为他们已经不在人类的圈子里了。虽然他们还有两个月的空气和一年的食物，可

是以后呢？结果不言而喻。

就在所有人绝望时，只有一个人不愿意承认这些，他依然对这三位伟大的探险家充满信心。这个人就是他们忠实的朋友——梅斯顿。

他的眼睛一刻都没有离开过他们。从此，天文台就变成了他的住处，他的眼前只有那架巨大的望远镜。

他时时刻刻地捕捉着那颗新星，不让它跑出自己的视野。梅斯顿怀着坚定的耐心，仔细地观察着那颗围绕银色月球运行的炮弹。他相信，他一定还可以与他的朋友们相见。

"我一定会和他们三个联系上的！"梅斯顿说，"他们已经为宇宙带去了艺术、科学和技术等各方面的资源。我了解他们，有了这些东西，就没有办不成的事情。看着吧！他们总有一天会平安归来的！"

第九章 离开地球

弹舱里漆黑一片,什么也看不见。但是可以肯定,舱内的物品全都完好,炮弹也没有损坏。隔板在大炮后坐力的作用下破裂,水流被排出,活动木板沉到了弹舱的底部,三个人一动不动地躺在地板上。他们还活着吗?

让我们把注意力放回到那三位勇敢的冒险家身上。在那天10点的钟声敲响时,巴比康、米歇尔和尼克尔向他们的朋友道别之后,就带着两只狗进入了弹舱。

"朋友们,"米歇尔欢乐地说道,"现在,我们要把这里当成自己的家啦!我们得过得舒服一些,利用上一切资源。煤气可不是留在这里落灰的,我们的新家也太黑了!"

说着,这个快乐的"小伙子"便点燃了煤气灯,弹舱里一下子就亮了起来。环顾四周,这就像是个舒适的小房间。

墙脚边放着一圈舒适的沙发,墙壁上贴着厚厚的软垫,屋顶是圆拱形的。

他们带上去的所有工具,都被牢牢固定在了墙壁上,防止在大炮发射时这些工具被撞坏。

米歇尔把所有的物品全都仔细检查了一遍,表示对这里的一切相当满意。在他滔滔不绝地发表自己的感言时,巴比康和尼克尔正在做着最后的准备。

"现在是10点20分,"巴比康说道,"炮弹将会在10点46分40秒被发射出去。也就是说,我们还有26分钟的时间就要离开地球了。"

"还有26分钟呢!26分钟我们可以做好多事,比如进行一次关于政治或是道德问题的探讨,总比无所事事地待在这儿强。"米歇尔高兴地说。

第九章
离开地球

"现在只剩下24分钟了。"尼克尔说。

"好吧,就算是24分钟,我们还是可以……"米歇尔说。

"米歇尔,"巴比康打断了他的话,"我相信我们在这次旅行中会有很多时间去探讨问题,但是现在,我们该准备一下了。"

"还要准备?我们不是已经准备好了吗?"

"基本上是这样的,不过我们还是要做更多的预防措施,以减轻发射时的撞击。"

"我们不是已经安装了减震装置吗?难道它还不足以保护我们?"

"但愿如此,我的朋友,可我也不敢保证。"

"什么?你在开玩笑吧!在这个时候你和我说不敢保证?天哪,我要出去!"

"恐怕已经来不及了,打开舱门就需要十多分钟。"尼克尔冷静地说。

"好吧,"米歇尔又笑了起来,"我得往好的方面想,还有24分钟我们就要出发啦!"

"是20分钟。"尼克尔纠正道。

三个人互相对视了一眼,再一次检查了随身物品。

"一切就绪,"巴比康说,"那么现在我们要采取什么样的姿势,才能更好地抵御发射时的撞击力呢?重要的是要防止血液一下子全部冲向头部。"

"是的。"尼克尔赞同道。

"那我们就头朝下,脚朝上怎么样?"米歇尔建议道。

"不用那样,"巴比康笑了笑,"我们可以采用侧卧的姿势,在炮弹发射时,我们无论是在它的顶部还是底部都是一样

的。"

"那我就放心了！"米歇尔答道，"你呢，尼克尔？"

"当然。"

姿势的问题解决后，米歇尔又闲不住了，跑去逗弄那两只狗。

"可爱的小家伙们，让我为你们起个名字吧！就叫'狄安娜'和'卫星'怎么样？多棒的名字！"

"嗨！狄安娜，卫星！"米歇尔逗着它们，"到时候你们可要让月球上的狗瞧瞧，我们地球上的狗多么有气质啊！"

"月球上的狗？"尼克尔嘲笑道。

"是啊！不光是狗，还有马、牛、羊和数不清的鸡呢！"

"我和你打100美元的赌，整个月球都不会找到一只鸡的！"尼克尔严肃地说道。

"好，就这么说定了！不过你倒是提醒了我，你还欠巴比康三笔赌债呢！一共可是6000美元。"米歇尔大声笑道。

"我会付清的！"尼克尔大声说着。

"再过一会儿，你可还要付给主席9000美元呢！因为如果大炮没有爆炸，就是4000美元，飞过6英里后，又是5000美元呢，哈哈！"

"放心，我有钱，早就准备好了，"说着尼克尔拍了拍他的口袋，"如果我输了，会立刻付款的！"

"可是船长，我认为这次赌约，对你可是一点儿好处都没有。"

"为什么？"

"如果你赢了，就没人能付给你钱了，而且你也没有机会拿到那笔钱。"

第九章
离开地球

"我早就把钱存到了银行里,"巴比康说道,"就算是尼克尔不在了,这笔钱也会转到他的继承人手上的。"

"你们可真是言而有信的人啊!"米歇尔睁大了眼睛,"虽然我无法理解,可是说真的,我相当佩服!"

"好了,米歇尔,"巴比康严肃起来,"我们要准备好了,神圣的时刻就要到来,让我们再握握手吧!"

"好!"米歇尔答道,看得出来,他此时非常激动。三个人最后一次紧紧地抱在一起。

"愿上帝保佑我们!"巴比康虔诚地在心中祈祷。

还有20秒!巴比康迅速地熄灭了煤气灯,躺在了伙伴身边。

死一般地沉寂,只有秒针在"嘀嘀嗒嗒"地响着。

突然,他们感到一阵剧烈的震动,接着,炮弹就在60亿升气体的推动下,瞬间飞向了太空。到底怎么样了?他们是否成功了呢?

弹舱里漆黑一片,什么也看不见。但是可以肯定,舱内的物品全都完好,炮弹也没有损坏。隔板在大炮后坐力的作用下破裂,水流被排出,活动木板沉到了弹舱的底部,三个人一动不动地躺在地板上。他们还活着吗?

突然,一个身体抖动了一下,是米歇尔!他晃了晃胳膊,然后抬起头,看来没有受伤。他想要站起来,可却站不稳,就像是喝多了酒一样,血液直往上冲。

米歇尔缓了缓,等到自己恢复了一些之后,马上点燃了煤灯,他要看看他的同伴们怎么样了。

在灯光下,米歇尔看到他的同伴们还没有醒来,他们靠在一起,躺在那儿一动不动。米歇尔先将尼克尔扶到了沙发上,

然后把他紧紧握住的拳头掰开，用力地搓他的掌心，这种方法很有效，不一会儿尼克尔的面色就恢复了红润。尼克尔睁开双眼，环顾了一下四周，然后开口问道："巴比康呢？"

"别着急，要一个一个来。"

两个人一起把巴比康也扶到了沙发上，看起来巴比康比他们两个人伤得都要严重。他的肩膀上有一处擦伤，但没有大碍。经过两个人的不停按摩，沉睡的巴比康终于清醒了过来。

"我们在前进吗？"这是巴比康醒来说的第一句话，语气中带着急切。

米歇尔和尼克尔面面相觑，他们光顾着担心同伴的情况，还没想到过炮弹呢。

这个问题很重要，巴比康一下子清醒了过来，此时他的精神战胜了虚弱的身体。巴比康静静地听着周围的动静，可是弹壁太厚了，他什么也听不到。不过，他却发现了另一个让人惊讶的现象，弹舱里面的温度很高。巴比康拿出温度计测量了一下，竟然高达45摄氏度。

"我们一定是在前进！"巴比康喊道，"这是从弹壁传来的热量，一定是由大气层的摩擦产生的。现在我们已经远离了大气层，温度很快就会降下来，开始变得寒冷。"

"什么？"米歇尔大叫起来，"你的意思是我们现在已经穿过大气层？"

"是的。现在已经是10点55分了，距离大炮发射出去已经过了8分钟。而以我们的初速度计算，我们只需要6秒钟就可以穿过大气层了。"

"那么，亲爱的尼克尔船长，你的两个赌注全都输掉啦！一共是9000美元，快拿钱吧！"

第九章
离开地球

"等把情况彻底弄清楚了,再付钱也不迟。因为我想到了另外一种可能发生的情况。"尼克尔答道。

"什么情况?"巴比康问道。

"就是由于某种原因,炮弹没有被发射出去,我们可能根本就没动。"

"算了吧,尼克尔,你这想法也太荒唐了!"米歇尔可不认同。

"那我还有一个问题,你听到爆炸声了吗?"

"没有,"米歇尔回答,"确实没有听到爆炸声。"

"你呢,巴比康?"

"我也没有,"巴比康低头思考着,"是啊,为什么没有听到爆炸声呢?"

三个人都陷入了迷惑当中,如果炮弹被发射了出去,怎么可能没有爆炸声呢?

"总之,我们得先搞清楚我们现在在哪儿。"巴比康说道。

于是,三个人决定打开舷窗,看看窗外的情况。

他们首先打开了弹壁一侧的舷窗,露出了透明的玻璃。同样的窗子还有三个,另外两个在舱顶和舱底,用来观察月球和地球。

巴比康他们立刻扑到了窗前,只见外面一片漆黑。

"朋友们,"巴比康兴奋地说道,"我们没有在地球上,请看看这黑暗中的点点星光,我们升上了太空!"

"太好了!太好了!"米歇尔高声欢呼着。

"我输了!"尼克尔说道,接着他便从口袋里掏出一捆钞票,"这是9000美元。"

巴比康接过钱，高兴地笑了笑。两个人完成交易后，重新来到窗前，看着外面的星星。可是他们没有看到月亮，这可让米歇尔着急起来。

"月亮呢？"他喊道，"它不会忘记和我们的约会吧？"

"放心吧！"巴比康回答道，"它没有失约，只是我们这边看不到，现在月亮应该在另一侧舷窗外呢！"

巴比康正准备到另一侧把舷窗打开，这时，他的眼前突然出现了一个闪闪发光的圆形物体，是一颗小行星，这颗小行星正在向他们飞快地靠近。从远处看，就像是个小月亮。糟糕的是，这个球体的运行轨迹将会和炮弹的轨迹交叉，一旦撞上后果将不堪设想。

圆球越来越近，逐渐在他们的眼前放大，眼看就要撞上了！三个人不由自主地向后退了几步，惊恐地闭上了眼睛。

咦？原本以为的撞击没有发生，三个人睁开双眼，只见那个圆球在距离他们几百英里的地方擦肩而过。

"呼"！三个人同时舒了一口气。

"现在一切都还算顺利，"巴比康说，"只剩下一个问题没有解决，那就是我们为什么没有听到爆炸声呢？"

可是没有人能够回答这个问题。

巴比康转过身把另外一侧的舷窗打开，明亮的月光刹那间洒满了弹舱的每个角落。尼克尔立刻熄灭了煤气灯，不做一点儿浪费。

他们从未见过这样美丽的月亮，没有了地球大气层的过滤，月光是如此皎洁，把整个弹舱的内壁镀上了一层银色的光辉。星星也是如此明亮，在月亮的身旁闪闪发光。

我们可以想象，此时三位勇敢的探险家，是以怎样的心情

第九章
离开地球

欣赏着眼前的明月。

月亮正静静地沿着它的轨迹，慢慢接近天顶点，它将在96个小时之后到达那里。大家已经沉醉在了迷人的月色中，至于脚下的地球，还是尼克尔船长把它记了起来。

"我说，"船长向伙伴们说道，"我们可不能忘恩负义，得看看我们身后的美好家园啊！"

"是啊，我都快把地球给忘记了！"米歇尔拍了拍脑袋。

说着，米歇尔和巴比康动手拆除了舱底的板子，露出了下面的舷窗。米歇尔趴在地上，往窗外看去，却只是漆黑一片。

"地球呢？我怎么没有看到？"米歇尔疑惑地说。

"它不就在那儿吗？"巴比康指着远处那细细的一个小条说。

"不是吧，就那一小条？"米歇尔怀疑地问。

"是的，这是一种自然现象。就像是我们在地球上看月亮一样，会有阴晴圆缺。此时我们在炮弹上，看到的地球已经进入了"下弦月"的最后时期，只露出了八分之一的弧面。就像是一个细细的月牙儿。"巴比康解释道。

"原来是这样！真神奇啊！"米歇尔感叹道。

三个人默默地注视着地球，不知过了多久，一阵困意向他们袭来。可以理解，在地球上之前折腾了那么久，现在也该困了。

"好了，"米歇尔打着哈欠，"我们该睡觉了。"三个人躺在床垫上，不一会儿就进入了梦乡。

可还没睡上多大一会儿，巴比康突然坐了起来大叫一声："我知道了！"

"你知道什么了？"另外两个人睡眼蒙眬地问。

"我知道我们为什么没有听到爆炸声了,因为我们乘坐的炮弹的速度要远远高于声音传播的速度!"

总算弄明白了问题的答案,这下子三个人终于安安心心地睡去了。

12月2日,早上7点左右,距离他们出发已经8个小时了。这时,他们突然被一阵奇怪的声音吵醒。

"狗!是狗叫声!"米歇尔喊了起来,"天啊,我们把它们给忘记了!"

"它们在哪儿呢?"巴比康问道。

于是,三个人开始在弹舱里四处寻找。终于,在沙发下面发现了瑟瑟发抖的狄安娜。它被炮弹发射时的震动给吓坏了,一直不敢出声。米歇尔安抚了好半天,狄安娜才从沙发下慢慢走了出来。还好,它只是受到些惊吓和有些饥饿,没有受什么伤。

找到了狄安娜之后,他们开始寻找卫星。"卫星!卫星!出来吧!"米歇尔呼唤着。

可是半天都没有听到卫星的声音,三个人找了好半天,最后在炮弹的顶端发现了它。

第十章 旅行总有意外

窗外景色依旧,亮晶晶的星星布满了各个角落,一边是失去了光晕的太阳,光辉夺目,好似燃烧着熊熊火焰的大火炉;另一边则是散发着银辉的月亮,在群星的环绕中静静肃立;还有下方的地球,像是在茫茫苍穹中开了一个镶着银边的深洞……

可怜的卫星没有狄安娜那么幸运，在炮弹发射时，它被一下子甩到了舱顶，重重地撞了一下头，此时它已经奄奄一息，随时都有生命危险。

米歇尔把它从上面抱了下来，轻轻放在沙发上，给它喂了点儿水。卫星发出了一声微弱的叫声。

"我们一定会治好你的！"米歇尔摸了摸卫星的爪子。安顿完两只狗，三个人围坐在一起，开始一边吃饭，一边观察窗外的月亮和地球。

早餐丰盛极了，巴比康带上来的可不是干巴巴的压缩饼干，他们既可以吃上香喷喷的黄油面包，还能喝上热乎乎的肉汤。这些都多亏了煤气这个好帮手。

在早餐快要结束时，太阳好像也要来助兴一样，一缕阳光照射在了弹舱的底部。温度一下子高了许多，让人觉得十分温暖。

"太阳！"米歇尔高兴地叫道。

"这里可真舒服！"尼克尔说道。

"是啊，我也这么想，"米歇尔回答，"不过我只担心一件事情，弹壁不会被太阳烤化吧？"

"别担心，朋友们，"巴比康说道，"我们的炮弹当初在穿过大气层时，就已经经受住了高温的考验，那时的温度可比这儿的要高多了。"

第十章
旅行总有意外

"可怜的梅斯顿一定以为我们被烤焦了！"米歇尔叹了一口气。

"奇怪的是，我们却好好地活了下来，"巴比康说道，"其实我事先也没有考虑到这个危险。"

"我想到了。"这时尼克尔在一旁说。

"可你当初怎么什么都没有说？"米歇尔抓住尼克尔的手大声问。

而这时，巴比康却开始整理弹舱，好像他要在这里长住一样。接下来，三个人一起检查了水箱和食物储备箱。因为有防震装置的保护，这些容器都没有损坏。氯酸钾和苛性钾也好好地放在那里，足够供给他们两个月的呼吸。

然后，他们开始检查仪器。除了一支自动气压计的玻璃被撞碎了之外，其他的东西依旧完好。

他们从一个塞满棉花的盒子中取出了一支无液气压计，挂在了舱壁上。它可以显示出舱内的气压和空气湿度。

巴比康带上去的几个指南针也没有坏，不过在现在这种环境下，估计是没有什么用了，指南针的指针没有了磁场的影响，在磁盘上胡乱地转着。不过，也许到了月球上它们可以被派上用场。

接着就是一些杂物了，像是锄头、镐头什么的，还有当初米歇尔坚持要带到月球上种植的各种植物的种子。在角落里，还堆放着米歇尔带上来的其他一大堆东西，至于是什么，他也不说。只是哼着跑调的小曲儿，在他那堆宝贝中间，快乐地东翻翻，西看看。

最后，巴比康好好查看了一下他的火箭，和一些其他的火药、设备。当炮弹经过了引力的平衡点之后，就会受到月球引

力的吸引，掉落到月球上。而这些火器恰恰能够减缓下降的速度。看到这些东西全都完好无损，巴比康感到十分高兴。

三个人重新站到了窗边，观察外面的情况。窗外景色依旧，亮晶晶的星星布满了各个角落，一边是失去了光晕的太阳，光辉夺目，好似燃烧着熊熊火焰的大火炉；另一边则是散发着银辉的月亮，在群星的环绕中静静肃立；还有下方的地球，像是在茫茫苍穹中开了一个镶着银边的深洞……

多么神秘壮阔的景色啊！三个人看着眼前的一切，久久不能回过神来。巴比康看到此情此景，心中十分激动，于是他决定写一篇游记，把他们旅行中的点点滴滴记录下来。

这时，尼克尔也没有闲着，他取出了记事本，开始重新计算起有关炮弹发射的一些数据。至于米歇尔，无所事事的他一会儿和巴比康聊聊，一会儿和尼克尔讲讲，可是两个人专心于自己的事情，没空理睬他。

于是米歇尔又跑到狄安娜旁边，可惜狄安娜也听不懂他在唠唠叨叨地说些什么。最后，他只好自言自语起来。总之，让这个法国人安静一会儿是不可能的。

很快，12个小时过去了。在这期间没发生任何事情。到了晚上，三个人吃过晚饭，就安静地入睡了。一夜就这么平静地过去了。不过"夜"这个字，在宇宙中是并不存在的。

三个人睡得很熟，虽然炮弹是在高速前进的状态下，但是他们一点儿也感觉不到。这是因为，只要物体是在真空的环境下，那么无论它的运行速度有多快，人们都不会发现。

就像是我们身处的地球，也在以每小时68000英里的速度不停地绕着太阳旋转，可是我们谁又感觉得到呢？在弹舱里，巴比康他们基本是静止不动的。若不是眼前越来越大的月亮，也

第十章
旅行总有意外

许他们真的会以为炮弹其实根本没有动。

12月3日的早上,他们被一阵意想不到的声音给吵醒了,因为那是公鸡的打鸣声,随之而来的还有一阵拍打翅膀的声音。

只见米歇尔一下子飞快地从床垫上蹦了下来,然后迅速来到他那一大堆东西旁边,把一个已经开了一半的箱子重新盖好。"嘘!别叫了!"他压低声音冲箱子吼道,"你难道要坏我的好事吗?"

可是这时候,巴比康和尼克尔早已经醒来了。"公鸡?"尼克尔疑惑地问米歇尔。

"没有没有,哪来的公鸡啊?"米歇尔连忙摆摆手,"是我在学鸡叫让你们起床呢!"说着,米歇尔还真的"喔喔喔"地叫了起来。巴比康和尼克尔一下子就明白了是怎么回事,不禁哈哈大笑起来。

"咳咳,那个巴比康,"米歇尔故意转移了话题,"你猜我昨晚一直在想什么?"

"想什么?"

"我在想,当初剑桥天文台在收到你们的来信后,是如何在那么短的时间内计算出炮弹的初速度的。要知道,我可是对这些数学问题一点儿都不在行。"

"这很容易。"巴比康答道。

"你也可以计算出来吗?"米歇尔问。

"当然可以,就算是当初剑桥天文台没有帮我们计算出来,我和尼克尔也可以自己解决这个问题。"

"好吧,"米歇尔摇摇头说,"如果是我的话,就算是把脑袋想破了,也不会算出来的。"

"那只是因为你不懂代数的缘故。"巴比康默默地说。

"你说得倒是轻松!"

"其实,代数只是一种工具,对于会用的人来说,它就可以解决许多问题。"

"真的吗?那你可以给我展示一下吗?"米歇尔来了一些兴趣。

"当然可以。"

说着巴比康拿出了一张纸,开始在上面写写画画。而米歇尔则趁着这个时间去准备早餐了。

过了一会儿,巴比康停下笔,把一张满是代数的纸拿给米歇尔看,只见在最下面列着这样一个公式:

$$\frac{1}{2}(V^2-V_0^2) = gr\left[\frac{r}{x} \cdot 1 + \frac{m'}{m}\left(\frac{r}{d-x} - \frac{r}{d-r}\right)\right]$$

"这都是些什么鬼东西?"米歇尔看得头都疼了,"你是说这些难懂的符号可以算出炮弹的初速度吗?"

"绝对没有问题,"这时候尼克尔走过来说,"而且通过这个公式,我还可以算出炮弹在任何一个时刻的速度。"

"真是太复杂了,你们可真了不起!"米歇尔佩服道。

"那么现在,让我来算一算当炮弹穿过大气层后应有的行驶速度。"尼克尔很乐意加入他们的演算当中。

没一会儿的工夫,这边米歇尔还在看着这些数字发愁呢,而那边船长已经把结果算了出来。

"经过计算,如果炮弹想要达到引力的平衡点,在穿过大气层后应有的速度应该是……12000码每秒。"

"啊?"巴比康突然跳了起来,"你说什么?"

"12000码每秒。"

"天啊!糟糕了!"

第十章
旅行总有意外

"怎么了?"米歇尔不明所以地问道。

"由于这个速度已经是经过大气层后,减少三分之一的速度了,所以我们原本的初始速度应该是……"

"17000码每秒。"船长飞快地算了出来。

"可是当初天文台说,只要初始速度达到12000码每秒就可以了!"

"啊?"船长和米歇尔都惊叫出声。

"以我们现在的速度,永远都到不了引力平衡的那一点了!甚至连一半的路程都走不上!"

"我的天啊!"

"我们还会跌回地球上去!"米歇尔疯狂地喊道。这简直是晴天霹雳。谁能想到剑桥天文台竟然能够犯下一个这么大的错误?巴比康不敢相信,马上又重新计算了一遍。可是结果依然令人绝望。

船舱里陷入了一阵沉默,好长时间,三个人一句话都没有说。巴比康死死地握着拳头,看得出来他有多么生气。

"哼!这些所谓的科学家原来就只有这样的水平?真是没用!"米歇尔气愤地说,"既然我们都要掉下去,那就掉到天文台好了,我要把那里砸个稀巴烂!"

这时候,一直没有说话的船长好像突然想起了什么。只见他快速地走到窗边,然后回过头对巴比康说:"现在是早上7点,我们已经出发了32个小时,并且已经走过了三分之一的路程。可是,我们并没有往下掉啊!"

巴比康听到船长的话,瞬间抬起了头。接着,他立刻拿起一个指南针,开始测量地球的视角,然后在纸上列出一连串的数字,来计算炮弹与地球之间的距离。

巴比康计算得非常认真，同时他也非常紧张，豆大的汗珠不一会儿就掉了下来。尼克尔和米歇尔也一脸焦急地盯着他。

终于，计算结果出来了。只见巴比康大叫了起来："不！我们是不会坠落的！我们现在距离地球已经有5万多英里。如果我们的初始速度只有12000码每秒的话，早就该停下来了，但我们现在还在继续上升！"

"万岁！我们在上升！"米歇尔开心地手舞足蹈。

"显然，那40万磅火棉为我们提供了不止12000码每秒的初速度。"船长说道。

"是的，而且当炮弹把水排出去之后，自身的重量也减轻了许多，速度会更快一些。"巴比康补充道。

"你说得对！"船长十分认同巴比康的话。

"朋友们！"巴比康有些激动，"我们安全了！"

"现在让我们吃早餐吧！"米歇尔高兴地说。

剑桥天文台确实把数据给弄错了，不过好在是虚惊一场。

三个人愉快地一边聊天一边吃着他们美味的早餐。经过了这次风波，他们更加对这次旅行的成功充满了信心。

这时候，狄安娜在一旁"汪汪"地叫了起来，看来这个小家伙儿也饿了。

米歇尔拿了一份早餐，放在了狄安娜面前，它立刻大口大口地吃起来。

米歇尔又拿了一些食物，想让卫星也吃点儿。他弯腰瞧了瞧沙发上的卫星，却一下子大叫出声。

"可怜的卫星！它死了！"米歇尔伤心地说。

"上帝保佑，它在天堂能做一只快乐的小狗。"巴比康轻轻说，"现在有一个问题，我们不能让卫星留在弹舱超过48个

第十章
旅行总有意外

小时。"

"那我们只好把它扔出窗外了。"米歇尔说道。

"我们的舷窗是用铰链固定的,能够打开,我们可以从一侧的舷窗把它扔出去。"尼克尔说道。

巴比康仔细思考了一会儿,然后点点头:"可以这么做,不过我们一定要万分小心才行。"

"为什么?"米歇尔问道。

"有两个问题,"巴比康回答道,"首先,我们不能让舱内的空气过多地流失。"

"我们不是可以自己制造空气吗?"米歇尔又问。

"我们自己制造的只是氧气,而在空气中,还有一种十分重要的气体——氮气。氮气虽然不会被我们身体吸收,却是必不可少的,一旦打开舷窗,氮气就会迅速往外溢。所以我们的动作一定要快。"

"那第二个问题呢?"

"第二个问题就是,太空其实非常寒冷,我们千万不能让外面的寒气进入弹舱内,不然我们就会被活活冻死的。"

"不是有太阳吗?"米歇尔问。

"太阳之所以能够让我们的舱内升温,是因为弹舱吸收了太阳的热量。但是它并不能使我们周围的太空升温,因为太空中没有空气,也就没有热量,热量是要靠光线传播的。就像是地球上的黑夜温度会变低一样。"巴比康回答。

"那么,太空中的温度到底有多低呢?"尼克尔问道。

"以前,人们认为太空中的温度相当低,甚至在零下几百万摄氏度。后来,一位法国物理学家约瑟夫·傅立叶经过精密的计算,认为太空的温度根本不会超过零下七八十摄氏

度。"

"才零下七八十摄氏度?"米歇尔怀疑道。

"是的,"巴比康说,"不过,这也是他自己所说的,到底是否真实,还没人能够知道。

"另外,还有另一位法国科学家普耶也曾经研究过这个问题。而他的结论是,太空的温度至少有零下256摄氏度。"

"那我们现在可以做一个实验,验证一下这些数据是否准确。"米歇尔建议道。

"现在还不行,"巴比康摇摇头,"因为现在太阳会直射到温度计上,会使测量的温度偏高,不够准确。等我们到了月球上,就可以进行这个实验了。因为当月球处于黑夜时,就是绝对的真空状态了。"

"好吧,"米歇尔说道,"我们还是把卫星扔出去吧。"

于是,三个人来到窗前,小心翼翼地拧下了舷窗上的螺丝钉。神情有些悲伤的米歇尔抱着卫星,窗玻璃很快顺着铰链转了一下,可怜的卫星被迅速扔出了窗外。大家的速度非常快,整个过程只泄漏了很少的空气。

这次行动非常成功,从此以后,巴比康都用同样的方式处理弹舱里一些没用的垃圾。

第十一章 地月引力平衡点

　　三个人竟然开始扯着嗓子唱起了歌。一边唱，还一边胡乱跳起了舞。

　　他们围成一圈，蹦蹦跳跳。狄安娜也加入到了他们的行列，"汪汪"直叫。

　　之后，不知道从哪里发出了公鸡打鸣声，甚至还有五六只母鸡，围着他们拍打着翅膀。

12月4日，早上5点。三位旅行者从睡梦中醒来，此时他们已经飞行了54个小时。

米歇尔起床伸了伸懒腰，在弹舱里来回溜着弯儿。这时候，米歇尔不经意间向窗外瞧了一眼，突然惊讶地大叫道："天哪！那是什么玩意儿？"

巴比康连忙走到窗边，发现距离舷窗几米处，有一个东西在悬浮着。这个东西看起来和炮弹一样静止不动，这正说明了，它此时正在以和炮弹相同的速度移动着。

"这究竟是什么？是流星微粒吗？也许是它处在我们炮弹的引力内，才会跟着我们走吧。"米歇尔猜测道。

"更为奇怪的是，"船长说道，"这个物体比炮弹的体积小那么多，却能和炮弹保持一样的速度。"

"虽然我不知道这是什么东西，"巴比康回答道，"但是我知道它为什么可以和我们保持一样的速度。"

"为什么呢？"

"只要物体是在真空的环境下，无论体积的大小，所有物体的速度都是一样的。"

"那这么说来，只要是我们扔出舱外的东西，都会跟着我们一起飞上月球啦？"米歇尔吃惊地问。

"理论上是这样的。"

"啊！"米歇尔突然又尖叫了一声。

第十一章
地月引力平衡点

"怎么了？"尼克尔问道。

"我知道这个东西是什么了！"

"是什么？"

"它就是卫星！"米歇尔大声说道。

的确是的，这正是可怜的卫星。此时，它正跟随着炮弹不断上升。

第二天清晨，三个人早早地就起床了。如果计算无误，再过18个小时，他们就会到达月球。到那时，他们就完成了史上最伟大最不可思议的一次旅行。

所以，从早上4点钟开始，三个人就兴奋地守在窗边，不停地为即将到来的那个辉煌时刻欢呼着。

月亮依然在灿烂的群星中缓缓地移动着，再前进几个纬度，它就要和炮弹相会了。

经过巴比康的观察，他们应该会在北半球着陆，那里有广阔的平原。

"在平原着陆会比在山地更加合适，"尼克尔说，"在平地上降落，炮弹就可以又快又好地停下来。但是，如果炮弹降落在了山坡上，就很有可能滚落下来。"

"是啊，那就让我们在北半球着陆吧！"米歇尔高兴地说。

巴比康没有说话，因为此时他在担忧另一件事：原本炮弹应该是在月球的中心着陆，可是现在它偏向了北半球。这就说明炮弹已经轻微地偏离了它原有的轨道，一旦炮弹没有在月球上着陆，那后果将不堪设想。

巴比康没有把他的担忧告诉伙伴们，以免造成不必要的担心。他只是不停地观测月球，希望炮弹的偏差能够小一些，只

要把他们带到月球上就可以了。

此时的月球已经不像之前那么光洁无瑕了,而是开始起伏不平起来。如果现在太阳能斜斜地照射在月球表面,他们就会看到巨大的火山口和纵横交错的沟壑。可是现在所有的一切都淹没在了一片强光之中。

三个人从未如此近距离地观察过月球,此刻,他们的心早就飞上了那颗神秘的星球。想象着自己一会儿爬上陡峭的山峰,一会儿又下到深邃的山谷。

看着越来越大的月亮,他们的心中既有些激动,又有些莫名的不安。不过,要是他们知道炮弹的速度正不断地在降低,心中恐怕会更加不安。以他们现在的速度,根本到不了引力的平衡点,更不要说到达月球了。

心中虽然有些忧虑,不过这并不能影响大家的食欲。米歇尔早早地准备好了早餐,大家的胃口也很好。

空气转化设备也一直运行良好,每天早上,米歇尔都会进行一次调整,试一试气流调节的阀门,测量一下气体的温度。到目前为止,弹舱内的空气始终都能保持清新。

这时候,尼克尔提出了一个疑问,让大家一时间都无法解决。

"对了,"尼克尔说道,"等我们到了月球之后,我们要怎么回来呢?"

巴比康和米歇尔你看看我,我看看你,眼睛里都充满了惊愕。对啊!他们怎么一直都没有想过这个问题呢?

"我不知道。"巴比康如实说道。

"我们还没到呢,就想着回去的事情,也太扫兴了吧?"米歇尔说,"我要是知道怎么返回,我根本就不会去了。"

第十一章
地月引力平衡点

"这就是你们的答案?"尼克尔大声问道。

"我同意米歇尔的话,"巴比康说道,"等到我们返回的时候再想这个问题也不迟。虽然没有大炮,不过我们的炮弹还在。"

"这可真好笑,一颗没有枪的子弹?"

"枪我们可以制造,"巴比康说,"火药我们也可以制造,我想月球上应该不会缺少金属、硝石和煤炭。何况,如果我们想要返回,只要克服月球的引力,然后再靠地球的引力就可以将我们带回去了。"

"是啊!"米歇尔高声说,"返回的问题就谈论到这里好了。另外,我们还可以和地球上的老朋友联系。"

"怎么联系?"

"通过月球上的火山向地球发射流星啊!"米歇尔毫不犹豫地说。

"这是个好主意,"巴比康赞同道,"而且月球上任何一座火山的喷发力都可以做到这点。"

"真是太棒了!"米歇尔异常激动地说,"这些流星就是最好的邮递员,并且我们还不用花一分钱。"

此时的三个人看起来都特别兴奋,说话时满面红光,呼吸急促,音量也比平时大上许多。就像喝醉了酒一样,有些迷醉。而他们对此却毫无察觉,这是怎么了呢?

"好吧,"尼克尔大声说着,"既然我们不知道要如何从月球回去,那总要知道我们上去干什么吧?"

"我们要上去干什么?"巴比康一边跺着脚,一边大声地回答,"我也不知道!"

"你也不知道!"米歇尔大声叫道,响亮的声音在弹舱内

传开。

"是的,我不知道,我甚至都没有想过这个问题!"巴比康用同样大的声音回应着。

"我知道要做什么!"米歇尔说。

"那你快说,要做什么?"尼克尔大声问道,似乎有些控制不住自己的嗓门。

"要到适当的时候才能说。"米歇尔回答。

"适当的时候?"巴比康满眼的怒火,"当初是你硬拉着我们做这次旅行,我现在很想知道这是为什么!"

"就是!"尼克尔在一旁叫着,"我总得知道我为什么去!"

"为什么?"米歇尔一下子蹦了起来,"为了在月球上传播我们人类创造的奇迹!为了使月球人走向文明!"

"如果月球人不存在呢?"尼克尔反驳道,在这种莫名的迷醉状态下,他变得特别爱抬杠。

"谁说没有月球人了?"米歇尔情绪激动起来。

"我说的,怎么了?"尼克尔吼道。

"你最好把刚才的话收回去!"米歇尔满脸通红,"不然我就要动手了!"

眼看着两个人就要扭打到一起,巴比康急忙上来阻止。

"住手!你们两个是疯了吗?"巴比康将两个人拉开,"就算没有月球人,也没关系的!"

"对!我才不在乎有没有月球人呢!"米歇尔喊着,"我们到了月球,我们就是月球人!"

"我们要征服月球,要在那里建立国家!"尼克尔叫着。

"我就是众议院!"米歇尔大声说。

第十一章
地月引力平衡点

"那我就是参议院!"尼克尔也不甘落后。

"那巴比康就做我们的总统!"米歇尔欢呼起来。

"万岁!总统万岁!"尼克尔喊着。

接着,三个人竟然开始扯着嗓子唱起了歌。一边唱,还一边胡乱跳起了舞。

他们围成一圈,蹦蹦跳跳。狄安娜也加入到了他们的行列,"汪汪"直叫。

之后,不知道从哪里发出了公鸡打鸣声,甚至还有五六只母鸡,围着他们拍打着翅膀。

在一种无法解释的魔力下,三个人就像喝得酩酊大醉的大汉,感觉肺部十分难受,周围的空气似乎都要燃烧起来。

最后,他们无声地倒在了地上,失去了意识。

到底发生了什么事?是什么造成了大家这种迷醉的状态呢?其实,这都是米歇尔一时的疏忽大意造成的,却差点儿酿成大祸。

在大家昏厥了几分钟后,尼克尔清醒了过来。

虽然他们刚刚吃过饭,可是尼克尔依然感觉饿极了,像是好几天没吃过饭一样。并且他感到自己全身上下都处于极度亢奋的状态。

尼克尔站起身,想要泡上一杯热茶,吃点儿三明治。泡茶需要烧热水,于是,船长划着了一根火柴。

令人惊讶的是,他只是轻轻一划,火柴瞬间就发出了格外刺眼的亮光。

尼克尔又把火柴凑到煤气灯旁边,煤气灯"噌"地一下着了,竟然比电灯还要明亮。尼克尔一下子就明白了是怎么回事。

"氧气!"说着,尼克尔连忙跑到空气转换装置那里,果然,阀门没有拧紧。

这导致空气中的含氧量越来越高,而他们之所以会那么兴奋,都是因为吸入了过多的氧气。

尼克尔立刻把氧气阀关闭,要是再晚几分钟,氧气就会在过高的密度下发生自燃,那他们的处境可就不妙了!

"这个粗心的米歇尔!"尼克尔低声咒骂了一句。

将近一个小时后,空气中的氧气才渐渐减少了一些,大家的呼吸终于变得正常,巴比康和米歇尔也醒了。

米歇尔在得知了整个事情都是由他引起的之后,不光没有愧疚,反而兴奋了起来。

"瞧!我为我们的旅行增加了多少乐趣啊!"米歇尔欢呼着,"而且,将来我们还可以开一个氧气疗养院,如果氧气能够让人们兴奋起来,这难道不是一件好事吗?"

米歇尔叽叽喳喳不停地说着,真不知道他的脑袋里怎么会有这么多奇奇怪怪的想法。不过,巴比康总是有本事浇灭他的热情。

"好吧,我亲爱的朋友,"巴比康说道,"那你现在能不能告诉我,这些公鸡和母鸡是从哪里来的?"

"啊!"米歇尔这才发现,已经恢复正常的五只母鸡和一只公鸡,此时正在弹舱里悠闲地来回踱着步子。

"你要用这些鸡做什么呢?"巴比康问道。

"当然是让它们适应环境啦!"

"那你为什么要把它们藏起来?"

"这只是一个玩笑而已,我本来并不打算告诉你们,然后偷偷地把它们放到月球上。到时候你们突然看到了月球上的这

第十一章
地月引力平衡点

些鸡,不知道会有多惊讶呢!"

"哼!真是个老顽童!"尼克尔在一旁说了一句。

接着,三个人一边聊天一边整理凌乱的弹舱,他们把母鸡全都装回了笼子。

不过这时候,他们却发现,母鸡虽然看上去和平时一样大小,可是现在拿在手里却轻飘飘的。于是,巴比康他们又发现了一个新现象。

从他们离开地球的那一刻起,他们自身的重量、炮弹的重量,还有弹舱内一切物品的重量都在不断地减轻。

虽然他们感受不到炮弹重量的减少,可是当他们自身以及周围物品的重量减轻到一定程度时,他们就会明显地感觉到了。

如果地球是宇宙中唯一有引力的天体,那么根据牛顿定律,物体的质量与物体的密度成正比,与距离的平方成反比。

也就是说,炮弹距离地球越远,自身的重量就会越小,但不会出现失重的状态。

不过,在宇宙中,还有许多带有引力的天体。所以在两个天体中间,会出现一个引力平衡点,当物体达到那个点时,就会出现失重的现象。

而现在,很显然,炮弹正处于地球和月球之间,并且,很快他们就将到达那个引力平衡点。

处在这一点的物体如果没有任何速度或者推力的话,那么它将永远停留在这一点,保持静止状态。

那么,当炮弹达到那一点后,将会发生什么情况呢?对此,可以有三种假设:

一、炮弹仍然具备一定的速度,足够它通过引力平衡点,

然后在月球的引力作用下降落。

二、炮弹的速度不足以将它送到那一点，那么它就会在地球的引力下重新返回地面。

三、炮弹的速度不大不小，刚好把它送到平衡点。这样的话，炮弹就将永远保持在那个位置，静止不动。

巴比康将目前的状况如实告诉了他的伙伴们，米歇尔和尼克尔都对此产生了浓厚的兴趣。

他们怎样才能知道自己到达了平衡点呢？当舱内的物品完全处于失重状态时，也就是到达那一点的时候。

现在，三位旅行家已经感觉到了自身的重量越来越小，但是还没有完全失重。

当天上午11点时，船长不小心将一只水杯打翻了。令他感到惊讶的是，水杯里的水并没有洒在地上，而是悬浮在了半空中。

"啊！"米歇尔大叫道，"这是我见过的最神奇的实验！"

说着，他抓起弹舱中的瓶子、武器等一些物品，往半空中一放，这些东西全都稳稳地停在松开手的位置上。

那场面看上去就像是某些魔法师在施展魔法。米歇尔又把狄安娜抱了起来，放在半空中，狄安娜就那样在空中悬着，而它似乎都没有发现。真是神奇极了！

这时候，三位旅行家也发现了自己身上的不对劲儿。他们抬起的胳膊放不回去了，身子轻飘飘的，脚也微微离开了地面。

突然，米歇尔好像冲破了什么阻碍一样，一下子离开地面，飘在了空中。很快，他的两位朋友也上来找他了。

第十一章
地月引力平衡点

"这是真的吗?简直太不可思议了!"米歇尔在空中兴奋地大喊着。

"这种状态不会持续太久的,"巴比康平静地说,"一旦炮弹越过引力平衡点,月球的引力就会把我们吸过去的。"

"那我们就会脚踩着天棚喽?"米歇尔问道。

"不会的,炮弹的重心很低,所以它会自己一点儿一点儿倒转过来。"巴比康回答。

"那舱内的物体就会全都掉个个儿,变得一团糟!"米歇尔抱怨着。

"放心吧,它们不会挪动的,"尼克尔说道,"炮弹掉头时的速度非常慢,根本不会察觉到的。"

"没错,"巴比康说,"由于炮弹的底部比较重,所以当炮弹越过引力平衡点时,炮弹将会与月球保持垂直。不过,这要等到我们过了那一点再说了。"

"为了我们成功越过平衡点,让我们愉快地干上一杯吧!"

米歇尔稍稍转了一下身,便滑向了橱柜,他取出一瓶酒和几只酒杯。

然后把它们放在空中,三个人欢快地举杯,庆祝即将到来的那一刻。

这种失重的状态大约保持了一个小时,之后三个人又慢慢落回了地面上。

巴比康注意到炮弹的穹顶开始偏离了原先指向月球的方向,而底部正慢慢地指向月球。

看来,月球的引力已经战胜了地球,炮弹开始向月球降落了。

起初,下降的速度并不快,大家几乎感觉不到。但随着月球引力的加强,炮弹降落的速度越来越快。这样一来,总算不用担心炮弹是否能够越过平衡点的问题了。

再也没有什么障碍阻止他们,三个人激动地相互握着手,举起手中的酒杯开怀畅饮。

接下来,他们一直在讨论刚刚那个奇妙的现象,原本就情绪高涨的米歇尔此时更是停不下来,不断发挥着他的想象力。

"朋友们!"米歇尔感慨万分,"要是我们在地球上也能够像刚才一样无拘无束该多好啊!如果没有了重力,到时候那些起重机、千斤顶什么的就根本没有存在的必要了!工作的效率将会大大提高的。"

"不过,"巴比康冷静地分析着,"要是没有了重力,我们也无法盖房子了,因为砖头会浮在空中,就连你的帽子都戴不到头上。船只也不能浮在海面上,甚至连大海都不会存在,因为海水会悬浮在半空中。不,要是没有地球引力的话,我们连大气层都没有,更别提什么水和空气了。"

"你可真会打击人!我亲爱的主席先生。"

"不过,虽然这种完全没有重力的天体不会存在,但是你起码可以找到一颗重力比地球小得多的星球。"

"你是说月球?"米歇尔问道。

"是的,"巴比康回答,"在月球上,物体的重量只有地球上的六分之一。"

"真的?"

"没错,200磅的物体在月球上只有30多磅。"

"那我们的力气会不会也变小呢?"

"不会的,反而还会增大。你在地球上一步能跳3英尺高,

第十一章
地月引力平衡点

在月球上就能跳18英尺高。"

"哇！那我们在月球上都将成为大力士啦！"米歇尔惊讶道。

"是的，而且月球人的身材会和月球的重量成正比，计算下来，他们只有1英尺高。"尼克尔说道。

"一群小矮人！"米歇尔激动地说，"真想像格列佛一样去冒险，游遍整个太阳系！"

"那你一定要去一些小点儿的星球，不然你的角色就要被调换过来了。"巴比康说。

"如果到太阳上会怎么样呢？"

"太阳的引力是地球的30倍，综合来看，那里的居民身高不会低于200英尺。"

"那我岂不是要变成小矮子啦？"米歇尔说道，"到时候一定要准备几门大炮，好好吓一吓他们！"

"恐怕你的大炮根本起不到什么作用，"尼克尔说，"炮弹飞不了几分钟就会掉在地上。"

"好吧，我看我们还是去月球吧！"米歇尔耸了耸肩。

到目前为止，巴比康起码不用担心炮弹推动力的问题了。炮弹既不会有落回地球的危险，也不会永远停留在那一点上。

现在巴比康脑子里想的是，炮弹到底会不会在月球的引力下到达目的地呢？

即使月球上的重力只有地球上的六分之一，可这毕竟是从8296法里①的高空坠落，所造成的撞击力还是相当大的。

所以，为了降落时的安全，巴比康他们还需要做许多准备

---

① 1法里 ≈ 4000米

工作。

要想安全地着陆，就必须从两方面下手：一方面要减轻炮弹落地时的撞击力；另一方面是尽可能地减缓炮弹下降时的速度，从而减轻着陆时的力量。

如果是减缓撞击力，用当初炮弹发射时的那个方法再好不过了，就是用水来当作弹簧。

可是目前他们根本没有那么多水，储水箱里的那些远远不够。而且，如果一旦把水用掉，他们再想喝水，就只能寄希望于月球了，可是这个风险太大，他们赌不起。

幸运的是，当初巴比康并不是完全靠水来减缓撞击力，他还给活动地板安装了弹簧。这些弹簧都还完好无损，可以将它们调整一下，重新利用。

第十二章 失之毫厘,差之千里

他们所到之处,看到的都是一些辽阔而贫瘠的土地,还有交错纵横的山脉。但没有发现任何人类居住过的痕迹,也没有任何迹象能够证明生命的存在,甚至连最低等的生命形式也没有发现,哪怕是植物。

他们马上动手去做，没费多少力气，就全都弄好了。但是在圆形地板上安装了弹簧之后，下面的舷窗就被堵住了。这样他们就无法再通过底部的舷窗观察外面了。

一切都准备就绪后，已经过了中午12点。

巴比康仔细地观察了一下炮弹的倾斜角，令他懊恼的是，炮弹还是没有完全翻转过来，没有垂直下落的迹象。

更让他忧心的是，炮弹似乎正沿着与月球平行的曲线运行。这种情形实在让人担忧。

"我们还能到吗？"尼克尔问道。

"不管怎样，我们都要把准备工作做好。"巴比康没有给出确切的答案。

"为什么不呢？你们太担心了！"米歇尔依然快活地说。

米歇尔的话让巴比康把注意力重新放回了手头的工作上。之前他带上来的火箭此时派上了用场。

巴比康在炮弹的底部安装了一些火箭，它们发射的方向正好与炮弹降落的方向相反。这样一来，这些火箭就会大大降低炮弹降落时的速度。

下午3点，所有的准备工作都已经完成了。他们现在能做的，就只有等待降落了。

在月球引力的作用下，炮弹离月球越来越近。可是它仍然在沿着一条倾斜的轨迹运动。

第十二章
失之毫厘,差之千里

可以肯定的是,炮弹是不会正常落在月球上的,因为它较重的一头没有正对着月球。

看到炮弹竟然抵御住了月球的引力,巴比康更加担心了。摆在他面前的是一个未知数,看着一望无际的宇宙,巴比康第一次感觉有些迷茫。

作为一个科学家,他之前预想到了三种结果:返回地球,降落月球,停止在平衡点,却没想到还有第四种结果。这一切来得太突然了,他们必须进行一次讨论。

"我们现在是走偏了吗?"米歇尔问道,"为什么会这样?"

"是不是没有瞄准呢?"尼克尔问道。

"不会的,"巴比康回答,"我们在之前做过很多次实验,炮弹的角度绝对垂直,不会有一丝一毫的误差。"

"那么会不会是我们来晚了?"米歇尔问道。

"可是我们计划是在5日晚上12点准时到达,而现在是5日下午3点半,8个半小时对于抵达月球是足够的。"

"难道是我们来得太早了?"尼克尔又问。

"不可能,"巴比康坚决地说,"只要发射的方向正确,过快的速度也不会阻碍我们到达月球的。"

"那到底是为什么呢?"尼克尔追问道。

"我也不知道。"巴比康有些无奈地说。

"算啦!"米歇尔摆摆手,"我一点儿也不想知道为什么了。反正我们现在已经偏离了,未来怎么样,等到我们到了之后就知道了!"

看着米歇尔满不在乎的样子,巴比康也有些生气。他倒不是担心他们的安危,他想弄清楚的只是轨道为什么会偏离。这

比任何问题都重要。

炮弹依旧在月球的侧面飞行着,还是没有着陆的迹象,速度也始终保持不变。

不过他们还是在逐渐靠近月球的表面,巴比康甚至能够根据月球表面突起的某部分,推断出此时炮弹距离月球不到2000法里。

他们只能在心中充满希望,盼望着月球的引力能够战胜炮弹,使他们最终降落在月球表面。

巴比康还在试图想出炮弹偏离轨迹的原因。时间一分一秒地过去,炮弹在不断接近月球。

显而易见,他们永远都到不了月球,只会在靠近月球的地方不停地环绕。这是月球的引力与离心力共同作用的结果。

"就算到不了月球,那又怎么样呢!"米歇尔在短暂的沉默过后,依旧乐观,"那我们就尽可能地靠近月球,好好观察它的秘密吧!"

可是尼克尔却不这么想,他实在生气极了。"不管是地球上的因素,还是离开地球之后的因素,只要是让我们偏离轨道的东西,都统统见鬼去吧!"尼克尔愤怒地喊道。

"离开地球之后的因素……"突然,巴比康好像想到了什么,拍了一下大腿,激动地说,"我明白了,是那颗我们曾经遇到的圆球!"

"什么?"米歇尔很惊讶。

"你是说……"尼克尔连忙问道。

"就是那颗四处乱窜的小行星,才会使我们偏离轨道。"巴比康肯定地回答。

"可是它并没有碰到我们呀?"米歇尔不解地问。

第十二章

失之毫厘，差之千里

"不，这和碰没碰到没关系。重要的是它的重量比炮弹要大得多，所以它的引力足可以影响我们前进的方向了。"

"这个影响是相当小的。"尼克尔说道。

"是很小，"巴比康回答，"可是失之毫厘，差之千里。地球和月球之间的距离太远了，丝毫的差错都会导致我们和月球擦肩而过。"

巴比康终于找到了炮弹偏离轨迹的原因。虽然那颗小行星的影响微乎其微，可还是改变了它原有的方向。

一次如此伟大的科学实验就因为这个小小的意外失败了，这是多么遗憾的一件事啊！可是，巴比康他们必须面对现实。

虽然他们无法登上月球了，但是这次伟大的旅行绝对不可以一无所获，他们可以在距离月球最近的地方仔细观察，也许能够解决一直困扰着科学家们的物理和地质学问题。

即使只能够做到这一点，他们也在所不惜，至于未来的命运如何，他们不愿意去想。

舱内的空气越来越少了，也许再过几天，他们就会窒息身亡。可是现在，这些勇士只想抓住每一分每一秒，来完成自己最后的心愿。

哪怕三个人此时离月球很近，可是单凭肉眼，只能辨认出那些广阔低洼地带的轮廓，也就是那些被人们称作"月海"的地方，但还无法确定它的地貌。

阳光照射在月球上，反射出耀眼的光，月球表面那些高耸的山脉此时全都隐匿在了刺眼的白光下，看得他们眼花缭乱，不得不移开眼睛。

月亮模模糊糊的外形已经显露了出来。它就像一只巨大无比的鸡蛋，稍尖的那头朝向地球。

过了一会儿，他们就看不到椭圆形的轮廓了，因为炮弹正在快速地接近月球。

"我们离得这么近，怎么会到不了呢？"米歇尔依然不愿相信这个事实。

"办不到的，月球的引力使我们不断靠近，可是离心力又将我们不停推开。我们只能从它的身边擦身而过，却无法降落。"巴比康对米歇尔说，米歇尔最后的希望也破灭了。

目前炮弹靠近的是北半球，现在是12月5日的午夜，月亮已经满月。要不是当初那颗小行星的意外出现，此时三位旅行家已经在这一刻登上了月球。

整整一夜，三个人一刻也没有休息。他们所做的唯一一件事情，就是看！

他们是地球的代表，在通过人类的眼睛注视着月球，探索月球的奥秘。他们的心中充满了激动，从一扇舷窗走到另一扇舷窗，由巴比康整理着观测数据和结果。

巴比康他们所使用的，是制作精良的航海望远镜。这些望远镜能够把物体放大100倍，再加上太空中没有大气层的干扰，他们可以将炮弹与月球之间的距离缩短到12英里。

12月6日，凌晨两点半。旅行家们此时距离月球只有65英里了，在望远镜的帮助下，已经将距离拉近到了6英里。

现在炮弹的速度非常慢，巴比康对这样的现象十分难以理解。按理来说，在离月球这么近的地方，炮弹的速度应该很快才符合月球引力的规律啊！

这里到底还有什么未知的原因呢？巴比康来不及多想，因为月球的山川地貌已经在他们的面前一一展现出来，他们可不想错过这么好的观察机会。

第十二章
失之毫厘,差之千里

以下就是巴比康和他的伙伴们在这个高度所看到的月球风光:

首先映入他们眼帘的是各种大小、各种颜色的色块。这些色块差异很大,界线明显。

月球学家们认为,即使把地球上海洋里的水全部抽干,也看不到如此鲜明的轮廓。

月球上广阔的平原全都是深灰中带着些绿褐色,包括几个较大的火山口也是这种颜色。

曾经有一些天文学家认为月球表面只是灰色的,但是通过观察,巴比康认为并不是这样。

很多地区都呈现出了明显的绿色,还有一些内部没有圆锥形火山的大环形山发出青蓝色的光。

这些都是月球自然的颜色,并没有受到望远镜的镜头和大气层过滤的影响。巴比康是在真空中进行观测的,所以不会有任何的偏差。

在稍远的地方,有一块呈浅红色,十分显眼。但是巴比康还不能确定这种颜色的性质。

当米歇尔在巴比康身边观测时,突然发现了一条条长长的白色线条,在太阳的直射下闪闪发亮,平行地一道道排列着。

"看!农田!"米歇尔指着那些线条喊道,"月球人可真厉害,他们得用多大的牛才能犁出这么宽的垄沟呀!"

"这不是垄沟,"巴比康纠正道,"这些是沟槽。"

巴比康拿着望远镜,对这些沟槽进行了仔细的观察。它们有的非常笔直,有的稍稍弯曲,但是两侧边缘依然保持平行。有的相互交错,还有一些直接穿过火山口。

在最初的天文观测中,天文学家们并没有发现这些沟槽。

直到1789年,施罗德第一次发现了它们,这才引起了学者们的注意,于是开始对它们进行研究。到目前为止,已经发现了70多条这样的沟槽,但是学者们至今都不知道它们的性质。

"难道这不是一些植被现象吗?"米歇尔问道。

"植被?"巴比康问。

"是啊,它们看上去就像是一排排整齐的树木。"

"不管说什么你都能扯到植物上去。"巴比康无奈地摇摇头。

"那又怎么了?"米歇尔并不觉得有什么不对,"何况我的猜测还可以解释为什么这些沟槽会时隐时现。"

"为什么?"

"因为树木在落叶之后我们就看不到它们,等到树叶重新长出来,我们就又可以看到了。"

"你说的有一些道理,可是并不能让人接受。"

"为什么?"

"因为月球上是没有四季的,所以植物就不会出现你说的那种现象。"巴比康回答。

事实上确实是这样的,月球自转的倾斜角度很小,所以在各个纬度上,太阳的高度都几乎一致。

所以,月球上的每个地区都只有一个季节,或是春季,或是冬季、夏季、秋季。所以这些沟壑到底是如何形成的,还真是一件伤脑筋的事情。

这时候,炮弹已经到达了月球的N40°,距离月球仅有400英里,从望远镜里看过去,这些景色仿佛就在4英里之外。

在他们脚下,矗立着黑利孔山,在山的左侧,有许多环形山,包围着一个小海湾,只是海湾中并没有水。

第十二章

失之毫厘，差之千里

他们所到之处，看到的都是一些辽阔而贫瘠的土地，还有交错纵横的山脉。但没有发现任何人类居住过的痕迹，也没任何迹象能够证明生命的存在，甚至连最低等的生命形式也没有发现，哪怕是植物。

"难道这里真的没有月球人吗？"米歇尔失望地说。

"没有，"尼克尔说道，"目前为止，没有发现任何人类的踪迹，就连植物都没有。"

凌晨4点，他们来到了月球N50°的上空，与月球的距离缩短到了300英里。在他们的左侧，有一条蜿蜒曲折的山脉，在阳光的照射下，轮廓格外清晰。右侧则是一个巨大的黑洞，就像是谁在月球表面凿了一口深不见底的黑井。

这个黑洞就是"黑湖"，人们也称它为柏拉图山，这是一座深邃的环形山。

这种黑色在月球上很少见，柏拉图山位于N51°E9°。但是炮弹并没有从环形山的"黑洞"上方经过，巴比康很遗憾没有机会好好对它的内部结构进行研究。

早晨5点钟左右，炮弹飞过了"雨海"的北部边缘。脚下的康达麦恩山和丰特内乐山一个在左，一个在右。

月球上没有大气层，所以月球上就没有黎明和黄昏，只是白昼紧跟着黑夜，黑夜紧跟着白昼。冷和热也没有丝毫地过渡，温度可以从最高点直接降到最低点。

缺少大气层的另一个后果就是，阳光照射不到的地方，就完全是漆黑一片。

所以，巴比康他们只要把眼睛从有阳光照射的地方移开，眼前就是一片黑暗。在这种明明暗暗的状态下，没过一会儿他们就眼花缭乱了。

月球上的风景一直都没有什么变化，即使此时他们已经飞到了N80°，距离月球仅仅50英里，可是景色一切依旧。

月球近在咫尺，炮弹与最高的焦亚山的距离还不到25英里。米歇尔激动极了，甚至想直接打开舱门跳下去。

可是，哪怕距离再近，只要炮弹不落到月球某一点上，跳下去的米歇尔只会跟着炮弹，一同继续围着月球在空中打转。

早上6点，月球的北极出现了。此时的月球，一半闪着耀眼的亮光，一半消失在浓重的黑暗里。

突然，炮弹穿过了黑白分界线，瞬间没入了茫茫的黑夜之中。

第十三章 再遇流星

　　成千上万个发光的碎片划过黑暗的夜空，就好像一个个绽放的烟花，它们相互交织着，五颜六色，交相辉映，美不胜收。

　　无数的火花在那一瞬间将周围的夜空点亮，也同样照亮了原本隐匿在黑暗中的另一半月球。

这个现象突然发生，也就是几秒钟的工夫。月球上的一切全都消失了，就像一阵风熄灭了蜡烛。

"月亮消失了！"米歇尔大叫道。

"一丝光亮也没有。"尼克尔说。

此时的弹舱里漆黑一片，三个人谁也看不见谁。巴比康虽然十分想节省那些珍贵的煤气，可是如今也不得不用了。

"可恶的太阳，连一些光都不愿意赐予我们，非要让我们消耗煤气！"米歇尔气呼呼地说。

"别怪太阳，是月亮把太阳的光挡住了，是月亮的错！"尼克尔反驳道。

"朋友们，这和太阳月亮无关，要怪就只能怪炮弹走错了轨道。哦不，要怪那颗流星，是它把炮弹的方向改变了。"

"好吧，"米歇尔说，"既然事情已经这样了，就别去想了。折腾了一整个晚上，大家都饿了，我们吃早饭吧！"

这个建议没有人反对，米歇尔很快就准备好了早餐。他们一边吃，一边聊着窗外的黑暗。

"月球的每个半球都会有14天看不到太阳，"巴比康说道，"这是一个奇怪的现象，现在我们脚下的这半个月球，甚至在这14天里连美丽的地球都见不到。"

"要是我们晚来半个月，就可以看到这一面了。"尼克尔说。

第十三章
再遇流星

"我再补充一点,"巴比康说,"其实对着地球的那一面所受到的恩惠更多。因为当连续照射了14天的太阳刚刚落下去之后,地球马上就会从地平线的另一侧升起,而太阳重新升起时,地球又消失了。"

"所以说,"巴比康接着说,"能够住在对着地球的那半面真是一件惬意的事,因为在满月时可以看到太阳,而在新月时又能够看到地球。"

"看来,在月球的背光面居住还真是不幸啊!"尼克尔说道。

"如果我成为月球人,可一定要住在靠近地球的那一面。"米歇尔说道。

"不过,许多天文学家都曾推测过,月球的空气和水都集中在另一面。"巴比康说道。

"这样我就要再好好考虑一下了。"米歇尔回答。

早餐结束了,三个人回到了自己的位置。他们熄灭了煤气灯,想要从窗外看到些什么,可是外面漆黑一片,没有一丝光亮。

巴比康又被一些新的问题困扰着:为什么炮弹已经距离月球如此之近了,甚至仅仅相距25英里,可是炮弹依然能够抵御住月球的引力,迟迟不能降落?

这到底是为什么呢?难道还有什么未知的因素影响了它吗?炮弹最终会飞向哪里呢?是离月球越来越近,还是越来越远,还是继续前往他们未知的领域?这些问题的答案到底是什么?巴比康既焦急又担忧。

实际上,月球就静静地待在那里,也许他们距离月球仅仅几英里,也许是几千英里。可是他们完全感觉不到任何迹象,

不光是因为看不见。还因为月球与炮弹之间没有空气,所以也听不见任何动静。可以想象,三位旅行家此时在这片深深的黑暗里,心情该是多么沮丧!

三个人就这么静静地注视着窗外的星空,谁都没有说话。直到一种难以忍受的严寒袭来,三个人才回过神。

原来,从炮弹失去阳光的照射开始,舱内的温度就开始慢慢降低。尼克尔拿出温度计,发现此时的温度已经是零下17摄氏度了。所以,他们不得不再次打开煤气供给舱内的热量。否则,他们就要被冻死了。

"现在外面的温度会有多少呢?"米歇尔问。

"就是太空真实的温度。"巴比康回答。

"那现在不正是我们测量太空温度的好时机吗?让我们来完成那个没有进行过的实验吧!"米歇尔建议道。

"的确,现在是绝佳的机会。"巴比康同意道。

接着,巴比康拿出了一支温度计。这是一支瓦尔费丹式液流温度计,它可以测量出非常低的温度。

"要怎么测呢?"尼克尔问道。

"很简单,"米歇尔说,"只要我们打开舱窗,把温度计扔出去,它自然会乖乖跟着我们的炮弹。等到一刻钟之后,我们再伸手把它拿回来就行了!"

"伸手拿回来?"巴比康大声说,"朋友,我劝你别冒这个险!等到你把手缩回来时,恐怕已经被冻得变形了!"

"这么严重吗?"米歇尔问。

"当然,你会感觉到一阵剧烈的灼伤感,就像被烧热的金属烫了一下。因为热量突然进入我们体内和突然失去的感觉是一样的。并且我也不敢肯定,我们扔出去的东西还能不能跟着

第十三章
再遇流星

我们一起飞行。"

"为什么?"尼克尔问道。

"因为如果月球外面有大气层的话,就算是很稀薄,也会阻碍物体的运行。而且外面很黑,我们也看不到还有没有东西跟着我们,所以,我们还是把温度计拴在一根绳子上,这样拿进来时也比较容易。"

巴比康的主意得到了大家的支持。他们打开舷窗,然后迅速把温度计扔了出去。舷窗只开了一秒,可是刺骨的严寒还是涌进了弹舱内。

"这也太冷了!就算是北极熊也会被冻僵的!"米歇尔大声叫道。

巴比康等了半个小时,想要更加精确地测出窗外的温度。很快,时间到了,他们迅速取回了温度计。

巴比康计算了一下,得出了最终的结论:"零下140摄氏度!"原来,这才是太空真实的温度!

在这种生死未知的关头,三位勇敢的旅行家竟然还能如此淡定地做实验,对于自己的未来,他们似乎一点儿也不关心。

现在是12月6日的早晨8点,他们飞到了哪里呢?唯一可以确定的是,他们一定还在月球附近。

炮弹已经在这片黑暗中飞行了两个小时,距离月球是更近了还是更远了呢?究竟会飞向何处呢?他们不得而知。

于是,三个人对于这些问题又展开了热烈的讨论。米歇尔首先发表了他的看法,他认为炮弹最终一定会在引力的影响下落在月球上,就像陨石落在地球上一样。

"可并不是所有的陨石都能掉到地球上,那只是其中一小部分而已。"巴比康说道,"所以,就算是我们变成了一颗陨

石,也不一定会落在月球上。"

"可是我不明白,为什么我们已经离月球这么近了,却还是……"

"你想想看,"巴比康说,"曾经你一定见到过流星雨吧?"

"见过。"

"当成千上万颗流星,也就是宇宙微粒,只有在与大气层摩擦时才可能发光。而这时候,它们距离地面也就50英里,可即使是这么近的距离,它们也没有落下来,不是吗?我们如今就和这些流星一样,离月球很近,却始终无法到达地球。"

"那如果是这样,"米歇尔问道,"我们的炮弹究竟会以怎样的形式在太空中存在呢?"

"现在有两种假设。"巴比康回答。

"哪两种?"

"炮弹的运行轨道将会有两条,具体会走哪一条,要取决于它的运行速度。"巴比康回答。

"是的,"尼克尔说,"炮弹将沿着抛物线或是双曲线的轨迹运行。"

"没错,"巴比康说,"在一定速度下,炮弹会沿着一条抛物线运行。但是,如果速度再快一些,它就会沿着双曲线运行。"

"这些词汇太深奥了!"米歇尔皱起了眉头,"首先,谁能告诉我什么是抛物线?"

"这就和大炮发射炮弹的轨迹差不多。"尼克尔回答。

"那双曲线呢?"

"双曲线就像是两条背靠背的半弧,半弧的两端无限向两

第十三章
再遇流星

侧延伸,并且永远不会相交。"

"原来是这样!要是我再和你们两个人多待上几天,恐怕我也要成为科学家啦!"米歇尔大声笑道。

接下来,巴比康和尼克尔就这个问题开始讨论起来,他们一个认为炮弹会选择抛物线,一个则认为会选择双曲线。两个人都坚持自己的观点,谁都不肯让步。

米歇尔在旁边听了半天,又什么都没听懂,早就不耐烦了,于是他忍不住打断了这场科学辩论。

"好啦!你们不要再说什么抛物线和双曲线了,现在我只想知道,炮弹最终会把我们带到哪里去呢?"

"哪儿都去不了。"尼克尔说道。

"什么!哪儿都去不了?"米歇尔叫道,"我伟大的科学家们!如果这两条曲线最终都是把我们带到无边无际的宇宙中去,那你们争论这些又有什么意义呢?"

巴比康和尼克尔也忍不住笑了起来。是啊,现在讨论这些有什么用呢?总之,炮弹既不会把他们带上月球,也不会回到地球。

他们将会面对怎样的未来呢?就算他们没有饿死、渴死,可是再过几天,煤气用完了,他们也会被冻死、憋死的。

三个人不去想这些,现在的他们只是一丝不苟地坐在窗前,不断地刮掉玻璃上的水汽和冰花,想要观察到外面的一些现象。

炮弹仍然在自己的轨道上前进,因为缺少参照物,所以巴比康也无法确定炮弹走的是哪一条轨道。不过,将近凌晨4点时,巴比康终于发现了一些变化。

这种变化就是:炮弹的底部转向了月球表面,并且与其保

持了垂直,看上去好像就要在月球上降落了。不过巴比康知道,这是不可能的。因为他找到了一个参照点,观测之后,他发现,不知道是什么原因,炮弹始终没有靠近月球,而是沿着一条几乎与月球同心的曲线,与月球平行移动着。

这个参照点是从哪儿来的呢?原来,是尼克尔突然间在月球黑色阴影的边缘发现了一团红色的亮光,那不是星星。只见这团浅红色的亮光越来越大,说明炮弹正不断地靠近它,也说明了炮弹是不会降落到月球上的。

随着距离越来越近,尼克尔突然喊道:"火山!是一座活火山!"

"是的,是活火山。"巴比康用望远镜仔细观察了一番,然后肯定地说。

"燃烧需要空气,那这么说来,月球的这一部分是有大气环绕了?"米歇尔说道。

"可能是这样的,不过还不能确定,因为火山也可以通过某种物质自己供给氧气,这样就可以在真空中燃烧了。"巴比康回答。

火山位于这半边月球的S45°左右。但让巴比康感到失望的是,炮弹开始离火山喷发点越来越远了。半个小时之后,那团光亮就逐渐消失在了大家的视野中。

不过这个现象的发现,意义十分重大。因为它证明了月球内部的热量并没有完全消失,科学家们不得不承认活火山存在的事实,这也为人们研究月球是否可以供人类居住提供了一个强有力的依据。

巴比康又陷入了沉思,正当他思考着月球的过去与未来时,米歇尔的一声尖叫一下子打断了他的思绪。

第十三章
再遇流星

"啊！我的天哪！那是什么？"米歇尔惊叫道。

在黑暗的太空中，突然出现了一个庞然大物，它就像一个月亮，冒着熊熊火光，将整个弹舱照得雪亮。

巴比康和尼克尔在这种突然的强光照射下，脸色变得格外苍白，还泛着丝丝青光。

"你们两个人现在的样子真是像活见鬼了！"米歇尔这时候也不忘打趣他们。

"流星！"巴比康说道。

"燃烧的流星！"尼克尔补充着。

"又是一颗火流星？"米歇尔惊讶地喊道。

是的，这颗流星距离他们还不到200英里，直径在2000码以上。此时正以每秒1.5英里的速度快速飞向他们，好像再过几分钟，就要和炮弹相撞了。

巴比康紧紧握着两个同伴的手，三个人站在那里身体僵硬，一动不动。如果他们此时还能够思考的话，心里想的一定是：这回是真的要完蛋了！

虽然流星仅仅出现了两分钟，但是在三位旅行家的心里，好像过了两个世纪那么长。

流星越来越近，马上就要撞上来了！这时候，那颗发光的火球突然在他们面前爆炸了，由于没有空气的传播，一切都是那么悄无声息。

三个人立刻冲到了窗边，看着这幅无比壮丽的画面。成千上万个发光的碎片划过黑暗的夜空，就好像一个个绽放的烟花，它们相互交织着，五颜六色，交相辉映，美不胜收。

无数的火花在那一瞬间将周围的夜空点亮，也同样照亮了原本隐匿在黑暗中的另一半月球。

在那短短的几秒钟内，他们第一次看到了月球神秘的另一面。

月面上若隐若现着几条狭长的地带，十分稀薄的大气层里飘荡着一丝云彩。远处，一望无际的空地上不再是贫瘠的平原，而是真正的海洋！

因为那平静的海面上还倒映着天空中那绚丽多彩的焰火。在火光的映照下，他们甚至还看到了一片幽暗的森林……

是幻觉吗？还是他们的眼睛欺骗了自己？那匆匆一瞥让他们不敢去下定论，可是他们绝对不会承认这一切只是自己的凭空想象。

划过太空的光亮越来越少，火光也越来越暗。终于，一切又恢复了平静，月亮重新消失在了黑暗中。

第十四章 准备登月

  这个高山群由无数个小山峰汇聚组成,到处都是洞穴,火山口还有环形山,连绵起伏,层峦叠嶂,景色优美。从这里,巴比康他们可以完完整整地看到月球的原始风貌,这一切都是因为岩浆的冷却凝固,才被好好地保存了下来。

他们刚刚经历了一场生死,躲过了可怕的灾难,三个人做梦都想不到竟然会第二次碰到流星。这也同样给他们带来了担忧,还会不会出现其他的危险呢?这一次,这颗流星会不会也改变了炮弹运行的轨迹呢?一切都无从知晓。

已经是下午3点半了,炮弹依然绕着月球做曲线运动。三个人匆匆吃了点儿食物,一刻不停地观察着窗外,希望有一些新的发现。

晚上5点45分,当尼克尔拿着望远镜看向远处时,突然发现炮弹正前方的地平线上有几个忽明忽暗的光点,这些光点不仅越来越多,还逐渐连成了一条细线。只见它越来越亮,依稀能够看清它的轮廓,就像是一轮朦胧的新月。

"太阳!"巴比康拿着望远镜突然喊道。

"什么?太阳?"尼克尔和米歇尔异口同声地叫道。

"是的,它照亮了月球南边的山脉,看来,我们要到南极了。"巴比康回答。

"我们才过了北极,现在又要到南极了?"米歇尔问道,"那我们已经绕月球一圈啦!"

"没错,米歇尔。"

"也就是说,炮弹既没有走抛物线,也没有走双曲线?"尼克尔问道。

"是的,这是一条闭合曲线。"巴比康回答。

第十四章
准备登月

"什么是闭合曲线?"米歇尔疑惑地问。

"简单来说,就是一个椭圆,我们此时正在绕着月球兜圈子。"巴比康说道。

"什么?"尼克尔大喊,"那我们要变成月亮的卫星了?"

"你说的没错,"巴比康说道,"而且哪怕是我们改变了轨道,也同样没有出路。"

总之,现在对他们来说,起码摆脱了可怕的黑暗,又重新回到了太阳底下,感受到了光明。

到了晚上6点,炮弹从月球南极上空飞过,距离为40英里。自从见到太阳之后,整个炮弹重新沐浴在阳光之下,舱内也变得温暖起来。三个人立刻熄灭了煤气灯和暖气,节约着珍贵的资源。

"多棒啊!这温暖的阳光!"米歇尔感叹道。

这时候,炮弹又一次稍稍偏离了原来的方向,让原本椭圆形的轨道变得更扁更长了。在月亮的南半球,巴比康还发现了一些全新的景色。

在南极附近,形成了两个高山群。在那些弯弯曲曲的山脊上,正闪烁着耀眼的白光。巴比康一下子就认出了那是什么。

"雪!"他激动地说道。

"是雪!"尼克尔同样大喊着。

看来,月球上有空气和水已经是不容怀疑的事实了。

这时,月球左侧出现了一座环形山,可以说,这是整个月球最美丽的山脉之一。通过和月球图的比对,巴比康认出了这座环形山正是牛顿山。

紧接着,他们又来到了克拉维斯山附近。

克拉维斯山是月球上最引人注目的环形山之一，海拔大约在7091米，直径也达到了227千米。克拉维斯山同样是一座火山，可是地球上的火山和巨大的克拉维斯山相比，只不过是一座座低矮的鼹鼠丘罢了。

炮弹一直在不停地前进，所到之处，全都是各种各样的火山和环形山。这里既没有平原，也没有海洋，到处荒凉一片。

最后，在这片凹凸不平的地带中央，也是该地区海拔最高的地方，他们终于发现了月球上最为灿烂耀眼的一座高山——第谷山。这是由著名的丹麦天文学家以他自己的名字命名的。

第谷山是一座会发光的山脉，并且是月球上最完整最突出的一座。所以在地球上即使不用望远镜，也能看到它。

这个高山群由无数个小山峰汇聚组成，到处都是洞穴，火山口还有环形山，连绵起伏，层峦叠嶂，景色优美。从这里，巴比康他们可以完完整整地看到月球的原始风貌，这一切都是因为岩浆的冷却凝固，才被好好地保存了下来。

最终，在米歇尔情不自禁的赞叹声中，炮弹慢慢飞离了第谷山。

当炮弹把第谷山慢慢抛在身后，巴比康他们便把注意力放到了第谷山四周发光的沟槽上。这些沟槽全都是从环形山向四周扩散出去的，向四面八方延伸着，几乎覆盖了南半球的一半。令人不解的是，不论前方是峡谷还是火山，它们都一直连绵不断，直至最后。

这些闪闪发光的沟槽到底是如何形成的呢？为什么无论地势的高低还是地形的变化都不能阻止它们出现呢？不过，这些沟槽有一个共同点，那就是以第谷山为中心。就好像是从第谷山的火山口发射出去的条条亮纹。

第十四章
准备登月

一些天文学家认为，这些条纹是熔岩从火山口喷发出去后，冷却凝固而成的。还有一些天文学家认为，这是第谷山最初形成时，出现的某种冰碛石。不过，这些说法都一一被巴比康否定了。

这时候，尼克尔提出了疑问："为什么不是这样呢？"

"这些线条既规律又绵长，而火山喷发的力量是远远做不到这点的。"巴比康回答。

"我倒是觉得这些条纹的成因很好解释！"米歇尔说道。

"真的？"巴比康问道。

"是啊！"米歇尔回答，"它们就像是一种巨大的星形条纹，像是一块石头砸在玻璃上一样。"

"好的，"巴比康笑着问，"那请问是谁的手劲这么大，能把这么大一块石头扔到月球上呢？"

"根本不需要手啊！"米歇尔回答，"坠落的彗星就可以做到了。"

"彗星？"巴比康说，"我亲爱的朋友，虽然你说的有一些道理，但彗星是不可能的。因为这种巨大的星形条纹只能是月球内部产生的，是月球地壳经过冷却后强烈收缩导致的。"

"好吧，就当是收缩好了。"米歇尔说道，"不管它了，我现在只想知道，弹舱为什么会这么热呢？我都快要被烤熟了！"

其实，不用米歇尔说，其他伙伴们也感觉到了温度的不适。弹舱从黑暗一下子过渡到了光明，承受着太阳与月球的双重照射。温度也从极度寒冷变得格外闷热，也许是上天想要把他们训练成月球人吧！

说到月球人，三个伙伴不禁又想到了月球上到底适不适合

人类生存的问题。

"月球上是否能住人呢?"尼克尔首先问道。

"说实话,我也不知道。"米歇尔说道。

"我的回答是否定的。"巴比康说,"从月球现在的状况来看,这里的大气层极其稀薄,大部分的海洋干涸,缺乏淡水,几乎没有植物的存在。而且,月球的自转速度比地球快,月球的一天差不多相当于地球的28天,而且月球的自转速度和公转速度相等,所以月球上的黑夜和白昼一样长,都差不多相当于地球上的14天。并且,因为没有大气层的保温作用,太阳一旦落山,就会立刻变为黑夜,温度也会迅速下降;当太阳升起后,温度又会急速地上升,温度在一天之内变化极大。因此,根据这些情况,我认为月球上是绝对不可能住人的,并且也不可能有任何其他生物生存。"

"我同意你的观点,"尼克尔说,"但是,月球是否适合与我们结构不同的其他物种生存呢?"

"这个问题很难回答,"巴比康思索了一会儿,"我可以试着回答,但是在这之前,我要问你一个问题:是不是无论什么结构的物种,都是以'运动'为前提的呢?"

"当然,"尼克尔回答,"如果生命失去了运动,那就毫无意义,也不能称之为生命了。"

"好的,"巴比康接着说,"那么我现在可以回答你,我们目前距离月球不到5英里,但至今为止,我还没有发现任何一个在月球表面运动的物体。那么现在只剩下一种可能:就是月球上存在着一种不需要运动就能生存的生物。"

"也就是说,没有生命的物质。"米歇尔说道。

"可是这对我们没有任何意义。"巴比康说。

第十四章
准备登月

"所以,我们得出结论了。"米歇尔说道。

"是的。"尼克尔同意道。

于是,巴比康在他的笔记本上认真地写下了这个结论:月球不适合人类居住。

"那么,"尼克尔接着说,"现在让我们来讨论下一个问题:月球上是否曾经居住过人类呢?"

"对于这个问题,我早在这次旅行之前就已经有了自己的看法。并且通过这段时间的观测,更加印证了我的观点。我认为:月球上曾经居住过和我们结构类似的人类或是动物,可是它们已经永远地灭绝了。"巴比康说道。

"这么说,月球要比地球还要古老啦?"米歇尔问道。

"不,"巴比康回答,"月球只不过是一个老得更快的世界,它的形成与衰退的速度要比地球快得多。与地球相比,月球内部的组织力量要比地球强很多。月球表面现在千疮百孔,支离破碎的地面更加印证了这一点。地球与月球在最初都只不过是一团气体,后来在不同力量的影响下,它们开始逐渐变成液态,最后转化为固态,成为适宜我们生存的星球。"

"完全赞同。"尼克尔说道。

"但是当地球还处于液态的时候,月球就已经在冷却的作用下变成了固态。那个时候,月球的周围环绕着大气层,能够吸收水分。在空气、水分、阳光和月球内部热能的共同作用下,植物开始慢慢形成,生命也就在这个时候出现了。在如此舒适的环境下,不可能没有人类产生。"巴比康接着说。

"可是,"尼克尔提出了疑问,"月球上的许多现象都表明了不适宜生物生存,比如说长达14天的白昼和黑夜。"

"虽然现在月球上漫长的白天和黑夜所造成的温差,让生物难以承受。但是在过去并不是这样的。那时候月球的周围环绕着大气层,会削弱炙热的阳光,同时还会储存一定的热量,使黑夜没有那么寒冷。而现在,大气层已经基本消失了。另外,我还要再说一件会让你们感到惊讶的事情……"

"什么事情?"米歇尔问道。

"我认为在那个时候,也就是月球上还有生命的时候,白天和黑夜并没有那么长。也许那个时候,月球自转和公转的时间并不相等。因为只有在两者相等的情况下,才会出现长达14天的白昼和黑夜。"

"可是为什么会不相等呢?"尼克尔问道。

"因为地球的引力决定了这一点。如果我们假设,当初地球还是液态的情况下,它的引力也许没有现在那么大,不足以使月球的公转与自转达到平衡。那么,在那时候,月球的白天和黑夜也许与地球是一样的。而且,就算不是这样,月球当时存在生命也是有可能的。"

"那月球上的人类真的已经完全消失了吗?"米歇尔接着问。

"是的。"巴比康点了点头,"但是它们在月球生存了至少几千个世纪。在冷却作用下,大气变得越来越稀薄,月球也就不再适宜人类生存了。我们地球早晚有一天也会变成这样。"

"冷却作用?"

"没错,随着月球内部的热能渐渐消失,月球的外壳开始慢慢冷却。于是,大气层开始变得稀薄,空气没有了,水分也被蒸发殆尽。这时候,月球变得不再适宜生存,物种开始灭绝。到最后,就变成了我们眼前的这副景象,到处都死气沉

第十四章
准备登月

沉。"

"地球也会有同样的命运吗？"米歇尔问道。

"很有可能。"

"那会是什么时候呢？"

"当地球的温度不再适合生物生存的时候。"

"科学家们推算过这个时间吗？"

"已经推算出来了。"

"啊！那还有多长时间啊？"米歇尔激动地叫道。

"地球大约在40万年后，平均气温会降到0摄氏度。"巴比康严肃而平静地说。

"还有40万年啊！"米歇尔长舒了一口气，"吓死我了，我还以为我们也就能活上5万年了呢！"

巴比康和尼克尔不禁笑了起来。之后，尼克尔又正式提问了一遍刚才的问题："月球上曾经有生命存在过吗？"答案当然是一致肯定的。

这时候，他们发现炮弹开始距离月球越来越远了。那些山脉的轮廓在他们眼中逐渐变得模糊起来，原本鲜艳的颜色也开始渐渐暗淡。最终，他们远离了月球，那些美丽、奇妙的景色成了心中最美好的记忆。

三个人默默注视着这颗越来越远的星球，心中充满了不舍。他们知道，这次离开也许就再也不会返回了。

这时候，炮弹的相对位置又一次发生了变化。这种变化巴比康已经发现好长时间了，可是他十分惊讶，原来，炮弹的底部原本朝向月球，而现在却转到了地球的方向。这十分让人迷惑。

在大家仔细地观察了炮弹的运行轨迹后，他们发现炮弹在

离开月球时所走的曲线，与他们接近月球时所走的曲线非常相似。也就是说，炮弹正沿着一个很长很扁的轨道前进。那么他们会不会又一次经过引力平衡点呢？

许多问题再一次摆在大家的眼前。

"如果我们又回到了那个平衡点，会发生什么事呢？"米歇尔开口问道。

"我不知道。"巴比康摇摇头。

"但是，总该做几种假设不是吗？"

"好吧，"巴比康回答，"现在有两种假设，第一种是：如果炮弹没有足够的速度，它就将永远留在那个点上……"

"我想我更喜欢第二种假设。"米歇尔打断巴比康的话。

"或者是，炮弹具有足够的速度，"巴比康说道，"那么它就会继续绕着月球环行。"

"听起来这也不是什么让人高兴的事儿，"米歇尔失望地说，"我可不想成天绕着月亮转，成为它的卫星！"

巴比康和尼克尔都没有继续说话，这可把米歇尔弄得不耐烦了。

"你们为什么不说话呀？"

"没什么好说的。"尼克尔回答。

"难道就没有什么办法吗？"米歇尔问道。

"有什么办法？"巴比康答道，"难道你要战胜不可能吗？"

"为什么不呢？"

"你想怎么做？"

"控制炮弹的运行！"

"控制？"

第十四章
准备登月

"是啊!"米歇尔越说越激动,"让它按照我们的意愿飞行,把我们带到想去的地方!"

"怎么做?"

"那就要看你们了,作为一个炮弹学家,如果连控制自己的炮弹都做不到,那还算什么本事?你们两个人这么博学多才,不能把我哄骗到这里之后,就像两个孩子一样呆呆地坐在这里吧?"

"什么?哄骗?"巴比康和尼克尔同时愤怒地站了起来。

"朋友们,请别激动!"米歇尔连忙向两位朋友摆摆手,"我并没有想要吵架的意思,只是,炮弹既然不能在月球上降落,总要让它落在别的地方吧!"

"我们也一直在考虑这个问题,只不过现在还没有什么好的办法。"巴比康回答。

巴比康现在虽然无法确定炮弹的速度,但是根据力学原理,炮弹的速度一定是在匀速下降的。

巴比康正在想办法,这时候米歇尔突然大叫一声。

"我想到办法啦!"

"说说看!"巴比康说道。

"我们真是太笨了!其实我们用一个很简单的方法就能够做到这一切。"

"什么方法?"

"火箭!我们可以利用火箭的后坐力!"米歇尔激动地大喊道。

"对呀!"尼克尔拍了下大腿。

"我们确实还没有用上这些火箭,不过现在还不是时候。"巴比康说道。

"那我们什么时候才能用呢?"米歇尔问道。

"炮弹现在的相对位置对于月球来说还是倾斜的,火箭只会让炮弹更加远离月球。可是我们不是要在月球上降落吗?"

"那当然啦!"米歇尔答道。

"所以,我们要再等等。现在炮弹受到未知力量的影响,正慢慢地向地球倾斜。等我们到了引力平衡点,炮弹也许会重新对准月球。这时候便是我们采取行动的时候。在火箭的推动下,说不定我们可以登上月球!"

"万岁!我们会登上月球!"米歇尔手舞足蹈,不停地欢呼着。

现在只剩下一个问题需要解决,那就是他们何时会到达引力平衡点。

经过巴比康的计算,他得出炮弹将会在12月8日凌晨1点到达目的地。现在是7日的凌晨3点,不出意外的话,炮弹将会在22个小时之后到达平衡点。

当初为了减缓炮弹在月球登陆时的速度,巴比康他们早就已经把火箭安装好了。现在,他们为了恢复体力,一定要好好睡上一觉。三个人很快就睡着了,不过可能是因为内心太过于激动,在早晨7点钟,他们就都醒来了。

第十五章 竟然回家了

可怕的降落已经开始了。看来炮弹的速度不仅足以带着他们越过引力平衡点,还能够克服火箭的后坐力。那个曾经带着他们飞向月球的速度,如今又将他们重新带回地球。

炮弹仍然在继续远离月球,同时,它的顶部也渐渐指向月球的方向。虽然这种现象无法解释,不过好在一切都按着巴比康的预计发展。只要再等上17个小时,激动人心的时刻就要到来了。

这一天在他们看来,是如此漫长。时间一分一秒地过着,哪怕三位旅行家都有着过人的勇气,可是在那个时刻不断接近的时候,心里还是会觉得紧张与激动。

他们觉得时间过得太慢了,三个人来回不停地在弹舱内走着,眼睛却一直盯着那颗美丽的月球。

一天终于过去了。现在是夜里12点,再过一个小时,炮弹就要到达引力平衡点了。

此时,巴比康也说不出炮弹的速度,不过他坚信自己的计算没有错误,凌晨1点,炮弹的速度将会变成零。那时候,会出现一个明显的现象,所有的物体将会再一次全部失重,等到那时候,大家就要采取行动了。

炮弹的顶部已经明显地转向了月球,只要炮弹在速度为零的时候,有一个力量把它推向月球,不管这个力量是大还是小,都会使它在月球降落。

"还有5分钟!"尼克尔提醒道。

"一切准备就绪!"米歇尔一边回答,一边把准备好的导

第十五章
竟然回家了

火索靠近火苗。

这时候,炮弹已经处于失重状态,三个人感到自己慢慢悬浮在半空中。巴比康紧盯着计时器。

"1点整!"

米歇尔立刻引燃了导火索。巴比康透过舷窗,看到炮弹底部出现了一条长长的火线,没一会儿就消失不见了。紧接着,三个人明显感到炮弹的一阵轻微震动。

大家都屏住了呼吸,仔细地感受着每个细微的响动。寂静的弹舱里只有怦怦的心跳声。

"我们是在下降吗?"米歇尔终于忍不住开口问道。

这时候,一直看着窗外的巴比康突然把头转向他的伙伴们。

只见他大大地瞪着眼睛,脸色苍白,紧紧咬着嘴唇,表情十分可怕。

"我们在下降!"巴比康喉咙沙哑地说。

"是在朝着月球降落吗?"米歇尔和尼克尔同时问道。

"不!"巴比康痛苦地闭上了双眼,"是朝着地球降落!"

"啊?"他的回答让另外两个人惊叫出声。

"真是太糟糕了!"米歇尔大声喊着。不过,他又很快平静了下来,说了一句富有哲理的话,"当初走进炮弹的那一刻,我就知道,进来容易出去难啊!"

可怕的降落已经开始了。看来炮弹的速度不仅足以带着他们越过引力平衡点,还能够克服火箭的后坐力。那个曾经带着他们飞向月球的速度,如今又将他们重新带回地球。

要知道,炮弹在回弹的过程中,一定会经过它出发时所走

过的每一点。

这是一种十分可怕的降落,它将会从16万英里的高空坠下!并且没有任何减震装置!最终炮弹将会以每秒钟1英里的速度撞向地球。

巴比康将双臂交叉在胸前,轻轻地低下了头。

"一切听从上天的安排!"他说。

…………

"上尉,水深的测量工作进行得怎么样了?"

"一切顺利,船长!我们马上就要结束了。"布朗斯上尉回答。

"这儿的海水比我预想中要深得多。"贝利船长说道,"绳索放得怎么样了?"

"已经放出21500英尺了。"上尉回答。

"碰到海底了!"这时候一名负责监督测量工作的舵手大声喊道。

"水深多少?"船长问道。

"21762英尺!"舵手连忙回答。

"好的,上尉,"船长看了一会儿数据,然后说,"等我把它记录到航海日志上之后,你就把绳索拖上来吧。这项工作有些辛苦,可能会占用六七个小时的时间。等到你们的工作完成后,我们就出发!"

"好的,船长!"

"马上要到10点了,很抱歉,我得去睡上一觉。晚安,上尉!"

"晚安,船长!"上尉亲切地答道。

接下来的两个小时,上尉一直在监督着水手们将绳索拉上

第十五章
竟然回家了

船。他在甲板上来回地走着，时不时望着头顶的夜空。

今晚的夜色很美，无数颗灿烂的星星在天上闪烁着。海风轻轻吹拂，高高的桅杆静静地矗立在明亮的灯光中。

船长离开甲板之后，布朗斯上尉便和几名军官来到了船尾。监督着水手们工作的同时，他们把剩下的注意力全都放在了刚刚升起的月亮上面。

此时，不光是他们，一定还有千千万万双眼睛也同样在注视着这轮明月。

"他们已经走了十几天了，也不知道现在情况如何。"上尉开口说道。

"他们一定早就到了，此时正在上面散步呢！"一名年轻的少尉大声说着。

"我也这么觉得。"上尉笑着说。

"是啊！"另一名军官说，"我们根本不用担心，炮弹应该在5日的凌晨就到达了。现在已经过去了6天，他们一定早就安顿好了。朋友们，我似乎都能看见尼克尔船长正在进行着测量工作，巴比康主席正静静地整理笔记，还有米歇尔，他正在惬意地抽烟呢！"

"但愿如此！"上尉说道，"只可惜我们不能收到他们的消息。"

"难道巴比康主席不能写信给我们吗？"年轻的少尉问道。这句话引来了一阵大笑。

"我说的可不是需要邮局邮递的那种信件。"年轻的少尉连忙补充道。

"哦？那是什么？"大家把目光放到了少尉的身上。

"落基山上的天文望远镜，可以直接看清楚月球上大于9英

尺的物体。所以，如果月球上的那几位朋友想和我们建立联系的话，他们可以拼出一些巨大的单词，这样我们就一定会看到了！"少尉答道。

大家听到了这个答案，都为年轻的少尉热烈地鼓起了掌。布朗斯上尉也觉得这是一个好主意。

不过，这种方式只能够接受单方面来自月球的消息，却无法将地球上的消息传递上去，除非他们也有一架天文望远镜。

"当然可以这样做啦！"一名军官说道，"不过，我现在最关心的，还是他们三个人现在都在做些什么，他们都看见了什么。如果这次试验成功的话，我们就可以再发射一次大炮，以后每当月球经过天顶点的时候，我们就可以送一批游客上去！"

"是啊！总有一天，梅斯顿会再见到他的朋友们！"布朗斯上尉点头说道。

"我愿意与他同行！"年轻的少尉激动地说道。

"我相信，想要上去的人一定不少。"上尉回应说。

他们就这样一直聊着。直到凌晨1点，海底探测器还没有被拉出海面。现在还剩下1万英尺，应该还得进行几个小时的工作。

根据船长之前的指示，发动机已经点着了火，只等工作完成，随时准备出发。

就在这时——凌晨1点17分，布朗斯上尉和他的同伴们正准备回到船舱，突然听到一阵突如其来的呼啸声。

一开始，大家还以为是某艘轮船的汽笛声。但是当他们抬起头时，却发现从远方的大气层急速飞来一个圆球，而那声音，正是从圆球那里传来的。

第十五章
竟然回家了

呼啸声越来越大,圆球由于和空气剧烈地摩擦,被熊熊火光包围着。

大家全都吓坏了,站在那里动也不敢动,只见火球越来越近。突然,它"轰"地一下撞断了轮船的桅杆,直直地坠入了海里。

这时候,贝利船长慌慌张张地从船舱中跑出来,冲到甲板前,其他军官也急忙围了过来。

"怎么了?发生什么事啦?"船长急切地问。

"船长,他们……他们回来了!"

轮船上一阵骚动。军官和水手们早已把刚才的惊吓抛之脑后,此时他们的心中只有一件事——巴比康他们还活着吗?

没有人质疑这颗巨大的流星就是当初大炮俱乐部发射出去的炮弹。只是大家对这三位旅行家的命运有着不同的看法。

"他们死了!"有的人说。

"不,他们一定还活着!"另一个人反对着,"这里的水这么深,炮弹一定得到了缓冲!"

"可是水下没有空气,他们会窒息的!"又有一个人站出来说道。

"他们还会被烧焦!刚刚简直就是一个大火球!"

但是无论如何,现在最关键的就是要把他们从水里捞出来。

船长立刻把所有的军官召集起来,临时召开了紧急会议。大家一致认为打捞炮弹的事情刻不容缓。所以他们决定先选择在最近的港口靠岸,然后把消息迅速通知给大炮俱乐部。

现在,最为理想的港口就是旧金山港。在那里可以很方便地与美国中心地区进行联系。

为了节省时间,船长毫不犹豫地剪断了还没有被拉上船的探测器的绳索。标记好了炮弹降落的准确位置,之后立刻掉转船头,加足马力向旧金山港出发。

12月12日凌晨1点27分,轮船终于抵达了旧金山港。

船刚刚停稳,贝利船长和布朗斯上尉就连忙坐上一艘快艇,飞速地向岸边驶去。

人们见到全速驶来的轮船折断了桅杆,又看到船长和上尉一脸焦急的样子,心里猜测着一定发生了什么大事。于是全都聚集到了岸边,岸上顿时密密麻麻地挤满了人。

船长他们好不容易才从密集的人群中挤了出来,焦急地大声喊着:"电报局在哪儿?快!我要到电报局去!"

港口官员赶快把他们带到了电报局,许多好奇的群众也跟着聚集在了门口。

几分钟后,一封加急电报,被分别发往了四个地方:一、致华盛顿海军部长;二、致巴尔的摩大炮俱乐部副主席约瑟夫上校;三、致落基山梅斯顿先生;四、致剑桥天文台副台长文洛克教授。

这封急电的内容如下:

12月12日凌晨1点17分,大炮俱乐部发射的炮弹落入太平洋N27°7′,W41°37′处。盼指示!

萨斯克哈纳号船长　贝利

5分钟后,这封电报就传遍了整个旧金山。

海军部长在收到电报后,马上命令萨斯克哈纳号军舰在旧金山港待命,无论昼夜,不得熄火,随时做好出航准备。

当天晚上,剑桥天文台召开了一次特别会议,科学家们冷静地讨论着相关事宜,静候事态的进一步发展。

第十五章
竟然回家了

大炮俱乐部的会议室里混乱到了极点,大家争论得不可开交。还记得当初由剑桥天文台贝尔法斯特台长传来的那封急电吗?

那上面明确指出炮弹已经成了月球的一颗卫星。可如今这封电报上的内容与之前的看法恰恰相反。

于是大炮俱乐部的会员们也分成了两派:一派认为炮弹沉入了海底,是巴比康他们回来了;另一派则认为是贝利船长搞错了,所谓的炮弹只不过是一颗流星而已。

但是争论来争论去,也没有什么结果。最终,大炮俱乐部一致决定:由布鲁斯上校、贝尔斯和艾尔菲火速赶往旧金山,想办法把坠入海底的炮弹打捞上来。

当初在炮弹发射出去之后,梅斯顿就在贝尔法斯特先生的陪同下,来到了落基山。从那之后便一刻不停地守在了望远镜跟前。

这架巨大的望远镜是根据反射原理制作的,但是由于当初省去了中间小镜子那一环节,这种设备对物体只进行一次反射。所以,梅斯顿他们在进行观测时,不是站在望远镜下面,而是需要用梯子爬上去。在他们的脚下,就是那个深达280英尺的底部装有金属镜的镜筒。

12月14日的晚上,两个人又在观察着月球的表面。

就在这时,贝尔法斯特的助手急急忙忙地跑进来,递给他一封急电,说是贝利船长发出的。

贝尔法斯特撕掉信封,打开电报。突然,他惊叫了一声。

"怎么啦?"梅斯顿问道。

"炮弹!"

"炮弹?怎么了?"

"它回来了!"

"啊!"梅斯顿惊喜地大叫了一声。但是紧接着,又发出了一声惨叫。

贝尔法斯特连忙回头,发现刚刚还趴在镜筒边上的梅斯顿因为太激动,竟然掉进了镜筒里!这可是280英尺的深井啊!

贝尔法斯特惊慌失措地跑到镜筒边,这时候,他发现梅斯顿用他那只铁钩子手,紧紧地钩住了镜筒的边缘。他长长地舒了一口气,用力把梅斯顿拉了上来。

"我说,那颗炮弹它回来啦?"

"是的,掉进了太平洋里。"

"我们赶紧去看看!"

凡尔纳经典科幻系列

第十六章 英雄凯旋

　　小艇越来越近，大家一片沉寂，只有"怦怦"的心跳声。这时，他们发现炮弹顶部的舷窗被打破了，露出几块玻璃的碎片。

　　一只小艇靠近了炮弹，只见梅斯顿飞快地扑到了窗前……

　　这时候，一阵欢快而又爽朗的笑声从弹舱里传了出来，是米歇尔的声音。

两个人马不停蹄地赶到了旧金山。布鲁斯上校、贝尔斯和艾尔菲早就到了,一见到他们,就连忙跑了上去。

"怎么办?"他们焦急地问。

"打捞炮弹,越快越好!"梅斯顿大声地说。

大家虽然知道炮弹坠落的准确位置,却没有合适的工具能够把炮弹打捞上来。

巴比康他们此时已经在水下待了将近一个星期。不过,大家依然坚信他们还活着。

所以,现在必须尽快发明一些适宜打捞的工具,这样才能确保三个人的安全。

"他们一定还活着!"梅斯顿不停地说,"只是炮弹里面的空气马上就要用光了,所以我们的速度一定要快!"

在梅斯顿的带领下,大家立刻开始行动。可现在最大的问题就是:铝质的炮弹表面太光滑了,钩子很难钩住它。

为此,默奇森工程师立即赶到旧金山,发明了一种装有自动控制系统的大抓斗。

这个抓斗一旦抓住了炮弹后,就再也不会松开。除此之外,大家还准备了一些潜水服,以便潜入海底了解情况。

虽然营救的设备已经准备得十分齐全,可大家还是无法确保万无一失。

因为在2万英尺深的海底,会有许多不确定的因素。并且谁

第十六章
英雄凯旋

也不知道那三位旅行家现在的情况,他们是否抵御住了那强大的冲击力呢?

但是无论如何,还是要尽快展开营救。梅斯顿日夜不停地催促监督着工人们的工作,而他自己早已经做好了下水亲自打捞的准备。

尽管大家已经全力以赴地去赶制设备,可是当这一切全部都完成的时候,还是过去了5天,现在就只等出发了。

12月21日,晚上8点,萨斯克哈纳号军舰迎着阵阵海风,在大家期盼的眼神中出发了。

人们的心中都有一个共同的愿望,那就是盼望所有人平安归来!

12月23日,早上8点,疾速前进的萨斯克哈纳号终于赶到了事发地点。

中午时分,贝利船长在军官们的协助下,测量出了准确的位置,大家立刻奔向那里。

"终于到了!"梅斯顿高兴地喊道,"马上行动!"

他们做好了万全的预防措施,使打捞船保持平衡。

默奇森在打捞之前了解了一下炮弹所在的位置,随后,他们开始往水下探测仪的空气舱里面打入空气。

这种操作有很大风险,因为海底的压力非常大,一旦压破了空气舱,后果将不堪设想。

可是,梅斯顿、布鲁斯上校和默奇森工程师根本没有考虑过这些危险,毫不犹豫地走进了空气舱,他们要亲自潜入海底寻找炮弹。

下午1点27分,行动正式开始。空气舱在储水室的重力作用下沉入了海底。

船上的军官和水手们心情十分紧张激动，他们不光为炮弹中的三位旅行家担心，同样也为勇敢的梅斯顿他们捏着一把汗。

而此时空气舱中的三个人，早已经把自己的生死置之度外，他们紧紧地贴在玻璃舷窗上，仔细地观察着水下的一切。

很快，三个人就沉到了海底。可是，除了一片荒芜的水下沙漠之外，他们什么也没有看见。梅斯顿和他的伙伴们拿着探照灯，来回地搜索着。

他们游遍了一大片的海底平原，灯光的照射使他们产生了一次次的错觉。这儿是一块岩石，那儿是一处沙丘，乍一看上去，都像是他们在寻找的炮弹，可是靠近了才发现不是。一次次的失望把大家弄得十分疲惫。

"他们在哪儿呢？在哪儿？"梅斯顿焦急地大喊着。

可怜的梅斯顿大声呼唤着他的朋友们，渴望着能够得到一丝回应。

搜索工作就这样继续进行着，直到空气舱里的空气变得浑浊了，潜水员们才不得不浮出水面。

"明天再说吧！"梅斯顿一边说，一边爬上了甲板。

"好的！"船长回答。

"换一个地方！"

"好的！"

梅斯顿依然对营救充满了信心，可是他的伙伴们却没有了一开始的劲头，因为希望实在是太渺茫了。

第二天，大家顾不得之前的疲惫，新一轮的搜索工作又开始了。

这一次，他们向西移动了一段距离，然后重新沉入了水

第十六章
英雄凯旋

下。

一天过去了,依然毫无结果。

第三天、第四天,还是没有炮弹的任何踪迹。

这实在太让人灰心了。大家都在想着这三位不幸的朋友,他们已经在弹舱里待了25天了!

即便他们避开了炮弹撞击产生的危险,可是现在,弹舱内的空气也快要消耗殆尽了。他们随时面临着窒息的危险。

"空气也许没有了,"梅斯顿说,"但是斗志永远不会被消灭!"

接下来又寻找了两天,到了28日,几乎所有人都绝望了。在这片辽阔的大海中,想要寻找到这颗小小的炮弹,简直就是大海捞针。大家想要放弃了。

而梅斯顿一点儿也不想听到"放弃"这两个字,除非见到巴比康他们的坟墓,否则他是不会离开的。

可是,贝利船长再也坚持不下去了,无论梅斯顿如何请求,船长还是下令返回。

12月29日上午9点,萨斯克哈纳号向旧金山港正式返航。

上午10点,打捞船正缓缓地离开这个让人心情沉重的地方。突然,一名在围栏上观察海面的水手大喊了一声。

"发现一只浮筒!"

所有的军官全部向水手所指的方向望去。通过望远镜,他们发现这个东西有些像在海湾或河流里指示航道的浮标。

不过,让人觉得奇怪的是,它露出水面有五六英尺,呈圆锥形,在阳光下闪闪发光,就像是用一块银板做成的,上头还插着一面小旗。

贝利船长、梅斯顿,以及大炮俱乐部的其他代表都登上了

指挥台,仔细地观察着这个漂在海面上的物体。

所有人心中都有一个共同的猜测,可是没有人敢说出那个想法,大家只是焦急又安静地看着,直到距离这只浮标只有两锚链的距离。

"国旗!是一面美国国旗!"突然一个人大声喊道。

是梅斯顿!他激动地在甲板上跳来跳去,嘴里还不停念叨着。

"我们真是太傻了!"

"怎么了?"周围的人连忙问他。

"我们都是一群大笨蛋!"梅斯顿愤怒地大吼着,"炮弹只有2万磅,它一定是浮在水面上的啊!"

啊!一个"浮"字,让所有人恍然大悟。

关心则乱,所有的科学家全都忘记了如此简单的一个道理:由于炮弹本身的密度很小,所以在它沉入海里之后又会重新浮上来。

现在,那颗炮弹正静静地随着波浪轻轻摇曳。几只小艇被放到了海面上,梅斯顿他们一下子就跳了上去,迫不及待地向炮弹划去。

所有人的心都提到了嗓子眼儿,这么久了,炮弹里现在是活人,还是死人?一定是活着的!不然他们要怎样把国旗插在炮弹上呢?

小艇越来越近,大家一片沉寂,只有"怦怦"的心跳声。这时,他们发现炮弹顶部的舷窗被打破了,露出几块玻璃的碎片。

一只小艇靠近了炮弹,只见梅斯顿飞快地扑到了窗前……

这时候,一阵欢快而又爽朗的笑声从弹舱里传了出来,是

第十六章
英雄凯旋

米歇尔的声音。

"倒了!巴比康,全倒了!"

原来,此时他们正在玩多米诺骨牌呢!

大家一定还记得,当初三位旅行家出发的时候,群众表现出了多大的热情。

如今,他们凯旋,巴比康他们又会受到怎样热情的对待呢?

巴比康和他的伙伴们没有一点儿停留,立刻返回了巴尔的摩。刚刚踏上熟悉的土地,他们就受到了广大群众的热烈欢迎。

回去后,巴比康做的第一件事,就是发行出版他的旅行笔记。

于是,仅仅在这本书发行的第三天,他们旅行过程中的点点滴滴就已经为世人皆知。大家都盼望着能够见一见这三位伟大的英雄。

大炮俱乐部举办了盛大的宴会,盛情欢迎三位英雄的归来,并邀请了全国人民前来参加。

最后,在三位旅行家回来不久,成立了一家美国星际交通公司,得到了大家的一致好评和热烈欢迎。而他们的职务是这样安排的:

董事长:巴比康;

副董事长:尼克尔;

总秘书:梅斯顿;

总经理:米歇尔。

巴比康和他的朋友们的这次环月旅行,使人们可以重新审视关于月理的知识。他们在特殊的环境下亲眼对月球进行了仔

细观察。

现在，大家对于月球的形成、起源以及是否能够居住人类等一系列问题，都有了正确的判断。

这三位勇敢的旅行家看到了人们从未见过的月球的另一面，现在他们完全有权利确定月球科学。

他们可以肯定地说：月球曾经是一个适宜人们居住并且有生命存在的世界！而现在，它不适宜居住，也没有生物存在了！

"意林·少年幻兽师" 系列
一段少年英雄成长史,一部异世妖兽山海录

第8册《十大英雄的复生》燃情上市
书写热血传奇,开启王者荣耀

作者:雨 魔
出版社:吉林摄影出版社
上架建议:励志 / 校园 / 成长

"意林·山海经" 系列
《芈月传》作者蒋胜男倾力推荐!

智慧、勇气、冒险、情义……尽在少年热血时!

第8册《帝俊之隐》现已上市
"意林·山海经"第一季精彩完结
第二季即将上市

作者:墨清清 周 飞
出版社:吉林摄影出版社
上架建议:励志 / 校园 / 畅销小说

"意林·猎神传" 系列
一个万众瞩目的猎神传奇,
一段大气磅礴的异界之旅。

集幻想、悬念、推理、神秘、冒险为一体。
现代校园与古代神话元素相结合,让你在紧张刺激的冒险故事中增长见识,大开眼界!

作者:笑晨曦
出版社:吉林摄影出版社
上架建议:励志 / 玄幻 / 校园 / 畅销小说

"意林·5班乐翻天" 系列
生活的笑料 = 写作的调料
听幽默故事,写高分作文

校园幽默派小说作家、冰心儿童文学奖获得者伍剑烹饪的幽默大餐!
③《谁都不许笑》 ④《光荣进步生》现已火爆上市!

作者:伍 剑
出版社:吉林摄影出版社
上架建议:幽默 / 成长 / 校园 / 畅销小说

"意林·萌武侠"系列

2016年大白鲸幻想儿童文学一等奖获得者黄文军
2016年冰心儿童文学新作奖获得者钟锐强强联合打造

新概念有声少儿武侠小说
培养好品格,做敢于担当、勇于挑战的好少年!
少年萌侠闯江湖,欢脱有爱铿锵行!

作者:黄文军、钟锐、林风、岳炜
出版社:吉林摄影出版社
上架建议:成长 / 武侠 / 校园

"意林·魂武士"系列

男孩女孩的成长冒险书
横扫欧美的超能变身小说
当普通学生拥有无上能量
世界将因此而改变!

一面是普通得不能再普通的学生,一面是消失了几个世纪的上古神兽,看魂武士们如何打怪升级,拯救危难世界吧!

作者:[美]H.K.瓦里安
出版社:吉林摄影出版社
上架建议:励志 / 玄幻 / 校园 / 畅销小说

"意林·古墓奇谭"系列

一部解开古埃及千年死亡谜底的古墓探险力作
美国学者出版社重点打造的多媒体互动图书
惊险神秘 科学探索 挑战大脑

第一册《死亡之书》
第二册《护身符守卫者》已上市
第三册《帝王谷》即将来袭

作者:[美]迈克尔·诺斯鲁普
出版社:湖南少年儿童出版社
上架建议:励志 / 幻想 / 成长 / 畅销小说

"意林·少年军校"系列

一部少年军事励志小说
一部小军迷生存宝典
一部爱国主义国防教育读本

你想了解少年战狼的铁血生涯吗?
你想锤炼勇士精神,铸造未来战狼之魂吗?
你想体验畅快淋漓的阅读快感吗?
那就读一读《少年军校》系列吧!

作者:关义军
出版社:吉林摄影出版社
上架建议:励志 / 校园 / 儿童文学